阿闍世はなぜ父を殺したのか

親鸞と涅槃経

芹沢 俊介　武田 定光　今津 芳文

ボーダーインク

〈本書に収録されている「戯曲　阿闍世王　二幕十七場」は、親鸞聖人七百五十回大遠忌記念事業の一環として二〇一〇年三月に広島で公演された《創作劇》「善人なおもて往生をとぐ——親鸞　わが心のアジャセ——」の台本原作である〉

阿闍世はなぜ父を殺したのか／目次

序文　阿闍世はなぜ父・頻婆沙羅を殺したのか

芹沢　俊介

阿闍世《あじゃせ》はなぜ父である大王頻婆沙羅《びんばしゃら》を殺したのか、この問いをメインテーマに戯曲を書いてみたいと思いました。以下はこのような大それた企てを試みようとした私の想いのようなものを記したものです。

現代に頻発する親殺しについて、この問題にできるかぎり深いところから接近してみたいと思ったことが最大の動機であることはいうまでもありません。しかしその点については他の書物（『親殺し』NTT出版二〇〇八年）で詳細に記しました。ここで触れておきたいのは、戯曲を書くにあたって、二千五百年前の仏典『涅槃経《ねはんぎょう》』のなかに述べられている息子阿闍世の父親殺しという出来事をめぐるポイントの幾つかについて、です。

まずこの『涅槃経』に、阿闍世は「その性質きわめて凶悪で、殺戮を好み」と指摘されている点に関してです。『観無量寿経《かんむりょうじゅきょう》』においても、そのような阿闍世に、母韋提希《いだいけ》がほとほと困り果て、釈尊《しゃくそん》に、「なぜこのような手に負えない子を私が産み、育てなければならないのか、私がいったい何をしたというのか」と訴えています。

そうした殺戮を好む凶悪な性質がきわまって、釈尊に帰依する信仰の厚い、罪のない父を殺したというように『涅槃経』は、この出来事を語り始めるのです。しかし『涅槃経』を読み進めていくうちに、母韋提希の言葉に大いなる疑問が湧いてくるのを抑えきれなくなります。また頻婆沙羅を罪がないとみなすことに対しても同様、疑問符をつけざるを得ない気持ちになってきたのです。

その疑問を象徴する言葉が「未生怨《みしょうおん》」です。

私はこの戦慄的な言葉に、親鸞の『教行信証』の「信」の巻において出会いました。親鸞は『涅槃経』から阿闍世の父殺しの経緯を丹念に書き写していたのです。多くの方たちがそうであったであろうように、私もまた、『教行信証』によって阿闍世の親殺し事件を知り、『涅槃経』に導かれていったのです。

さて、「未生怨」とは、生まれる以前に、父殺しという行動因を埋め込まれた存在のことです。つまり、阿闍世は「未生怨」だったのです。

「未生怨」に深く関連して作られたに違いないと思われる言葉が親鸞にあります。あるいは親鸞一流の使い方といった方がいいのかもしれません。親鸞が『歎異抄』において語ったとされているもので、「宿業《しゅくごう》」とか「業縁《ごうえん》」という言葉です。

このあたりについては、この後に収録された講演録「阿闍世の親殺しと現代の親殺しについて」でもう少していねいに語ってありますので、そちらに譲ることにしたい。けれども一部分だけ、重複を恐れずに、再度、記してみます。『歎異抄』第十三章の次の箇所です。

《亡き親鸞聖人がおっしゃるには、「ウサギの毛、羊の毛先についた塵《ちり》ほどにわずかな、悪といえないような悪の行為でさえも、宿業が関与しなければ起こしえないものだ」、と。

その続きとして、あるとき「唯円《ゆいえん》よ、キミは、私のいうことを信じ、私に言われたとおりに実行するか」とお聞きになった。「無論です」、と答えますと、「ほんとうに、言われたことを実行するか」と再度、お尋ねになられた。きっぱりと「はい」、とお答えした。すると、こう言われた。「では、人を千人殺してみなさい、そうすれば浄土への往生、間違いないぞ」と。

私は困惑してしまい、「お聖人のお言葉ですけれど、私の器量では千人どころか一人でも殺せそうにありません」とお答えした。するとお聖人はすかさず「では、なんでキミは私の言うことを無条件で実行するなどと答えた」と突っ込んでこられた。

お返事に窮して、黙り込んでしまった私に、お聖人は静かに諭された。「これでわかったであろう。あれほど強く誓っても実行できないのは、キミに器量がないからではない。また浄土への意欲（信心）が足りないからでもない。人間の行動を根底において決めているのが意志ではなくて、業縁だからなのだよ。キミが一人でさえ殺せないのは、そのような業縁がないからであって、業縁があるなら一人も殺したくないと思っても百人千人殺してしまうこともあるのだよ。宿業がもよおすかどうか、ここが人間の行動におけるポイントなのだよ」》（『歎異抄』第十三章　芹沢の意訳）

親鸞はこの箇所で、宿業と業縁とをほぼ同じニュアンスで使っていることがわかります。宿業とは、図らずもその人の心身に埋め込まれてしまってある行動因（善悪の）ということになります。本人にはまったく責任がない（イノセンス）のです。業縁という言葉には、その宿業が縁によって埋め込まれるものだという認識がこめられているように思えます。そこで、縁によって埋め込まれた宿業を業縁（宿業・縁）というふうに解釈してみました。

ですから、「未生怨」という言葉は、阿闍世が負った「宿業」のかたちということができます。いうまでもなく、この宿業は、阿闍世自身が作ったのではありません。宿業形成に誰かが関与したゆえに「業縁」なのです。だとすれば縁において埋め込まれた宿業は、縁において表出されざるを得ないことになるでしょう。

では、誰が関与したのでしょうか。誰がこのような親殺しという行動因を阿闍世という存在に埋め込んだのでしょうか。父親の頻婆沙羅であり、母親の韋提希だったのです。

詳しくは戯曲や講演録をお読みいただくとして、簡単に記しますと、阿闍世は両親によって、三度殺されていたのです。『教行信証』を読みすすめていくうちに、『涅槃経』を読みすすめていくうちに、明らかになるのは、こうした先行する子殺しなのです。阿闍世という存在が受けた子殺しという恐るべき打撃＝傷を、『涅槃経』は「未生怨」と呼び、親鸞はさらに深く普遍化して宿業とか業縁という言葉で呼ぼうとしたのだと思うのです。

親殺しには子殺しが先行していたのです。このような事実は『教行信証』においても『涅槃経』においても明瞭です。だとすれば、戯曲はこの見えなかった事実の発見（再発見）を核とすることで、大きなふくらみをもたせることができるのではないか、と思われたのです。

『涅槃経』に対して感じた不満を書き記すことは、この戯曲のクライマックス部分を書く動機を語ることになるでしょう。不満という言い方が不遜に聞こえるならば、物足りなさ、ないし違和感、それも本質にかかわる違和感、です。

それは、提婆達多《だいばだった》を地獄堕ちにしておいて、阿闍世だけに釈尊が救いの手を差し伸べたという点でした。提婆達多は従兄である釈尊に激しい競争意識と敵愾心を燃やし、釈尊を殺そうとしていました。阿闍世に父親殺しを唆したのも提婆達多です。

また『本生経』（ジャータカ）を読むと、釈尊は提婆達多を徹底的に否定しています。幾つもの例を出しながら、恩をあだでかえす提婆達多、あだでかえされる釈尊の対比が鮮明に打ち出されています。善は釈尊が独占し、いっさいの悪を提婆達多が担わせられているのです。善の因の皆無なのが提婆達多という認識です。この部分を読んだとき、直感的に、釈尊教（仏教）の成立には提婆達多を不可欠としていたということが伝わってきました。

そのような提婆達多ゆえに地獄堕ちになるのは、当然だということになるのでしょうか。私の印象は、釈尊教の特徴は、提婆達多を排除しなかったことではないかと思えるのです。私が『涅槃経』に感じた物足りなさは、提婆達多を地獄堕ちにしたまま、放置したことなのです。

そして私の感じた物足りなさは、実はとっくに親鸞が抱いていた物足りなさではなかったか。『涅槃経』から阿闍世の父殺しの経緯を書き写しながら、親鸞は阿闍世のほかにもう一人、地獄を不可避とする提婆達多の行方にも自己を重ねようとしていたのではないか。そう考えないと、『歎異抄』第二章において「地獄は一定すみかぞかし」という言葉を親鸞が語った本心に届かないのではないか。

また弥陀の四十八願のなかの第十八願に自己の思想的根拠を置いた理由の大事なところが

わからないように思えるのです。「たとひ我、仏《ぶつ》を得んに、十方衆生《しゅじょう》、心を至し信楽《しんぎょう》して我が国に生まれんと欲《おも》ひて、乃至十念せん。もし生まれずば、正覚《しょうかく》をとらじ。唯五逆と正法を誹謗せんとをば除く」（第十八願『仏説無量寿経上』）

五逆《ごぎゃく》とは親殺しを含む五つの大罪です。正法《しょうぼう》とは釈尊教の教えです。それを誹謗する人たちは、地獄堕ちを免れないというのが、この「唯除五逆誹謗正法」の意味です。すなわち救済の対象にならないとされた人たちのなかに阿闍世も提婆達多も含まれていた。それを阿闍世だけ救われ、提婆達多は地獄堕ちという展開に、親鸞は違和感を覚えたのではないでしょうか。繰り返せば、そう考えてはじめて、「地獄は一定すみかぞかし」という言葉が腑に落ちてくるのを感じるのです。

そのように考えることができたとき私は、自分ひとり救われることを拒み、提婆達多の堕ちた地獄に自分も堕ちるという選択をする阿闍世が見えたのです。

戯曲「阿闍世王」二幕十七場

芹沢 俊介

戯曲「阿闍世王」二幕十七場

□コンセプト　インドの仏典『涅槃経《ねはんぎょう》』に語られている阿闍世（アジャセ）による父・頻婆沙羅（ビンバシャラ）殺しについて、なぜ阿闍世が親殺しに至ったのか、その過程と動機および阿闍世に訪れる救いとを、現代の親殺しに重ねつつ、親鸞を語り手に明らかにしてゆく。

□テーマ　右のコンセプトを、以下の三つのモチーフ——家族・友情・救済——の連続と交錯のうちに浮かび上がらせる。

1家族（親子の対立）

・阿闍世と父頻婆沙羅・母韋提希（イダイケ）。　＊この親子の対立・葛藤に、後世における以下の二つの親子の対立・葛藤を重ねる。

・親鸞と善鸞。

・現代の親と子。

2友情（三すくみ）

・阿闍世と提婆達多（ダイバダッタ）

・阿闍世と耆婆（ギバ）。

・提婆達多と耆婆。　＊提婆達多と耆婆の二人は阿闍世の光と闇の側面を表す人物として描く。

3救済

・六師外道（ロクシゲドウ）と釈尊（シャクソン　仏陀）。

■登場人物

阿闍世（アジャセ）　この劇の主人公。父王・頻婆沙羅を殺したことで地獄に堕ちることに怯える。二十五歳くらい。

提婆達多（ダイバダッタ）　釈尊の従弟であり、釈尊の高弟・阿難の兄。阿闍世に父親殺しを唆す。一闡提（イッセンダイ　極悪、絶対悪の契機）。三十歳くらい。

耆婆（ギバ）　阿闍世の友人。阿闍世を釈尊に導く。阿闍世の犯した絶対悪からの救済の契機。三十歳くらい。

頻婆沙羅（ビンバシャラ）　摩伽陀国の大王。阿闍世の父　五十歳代後半。

韋提希（イダイケ）　頻婆沙羅の妻であり阿闍世の母　四十歳代後半。

道化　三十五歳くらい（作者の創造）。

浮かれ女1、2、3、4　二十歳代前半から後半（作者の創造）。

阿闍世の部下たち（道化を演じた男優、浮かれ女を演じた女優四人が演じることができる）。

釈尊（裁判官風にも登場する）。

釈尊の弟子たち（道化を演じた男優、浮かれ女を演じた女優四人が演じて差し支えない）。

六師　釈尊と考えを異にする思想家1〜6。阿闍世の父殺しを弁護する（道化を演じた男優、韋提希を演じた女優、浮かれ女たちを演じた女優四人が演じて差し支えない）。

書記

親鸞（シンラン）　この劇の語り手。五十歳代。

善鸞（ゼンラン）　二十五歳くらい。親鸞の息子。

＊登場人物の年齢についての注

これまで指摘されている説を踏襲していない。たとえば阿闍世は四十歳を超えていたという説がある。提婆達多も釈尊の対立者という点からして、高齢であることは間違いない。実際、中勘助『提婆達多』は阿闍世よりもはるかに高齢として描いている。耆婆は、阿闍世とは異母兄弟であり、阿闍世よりも若いという説もある。頻婆沙羅、韋提希については年齢不詳。

プロローグ

1

親鸞　大般涅槃経《だいはつねはんきょう》という古い古い仏典があります。八十歳の釈尊が入滅する、すなわち涅槃に入る、その直前に説かれたお話がこの経のもとだといわれています。そのなかに出てくるインドの摩伽陀国《まかだこく》、王舎《おうしゃ》大城の宮殿を舞台に起きた父殺し事件がわたしには気になってしかたありません。殺されたのは父・頻婆沙羅、摩伽陀国の王様です、殺したのは息子・阿闍世。いつの世にも親と子は、とりわけ父と息子は相容れず、権力をめぐって殺しあいにまで発展することは珍しくないでしょう。阿闍世の頻婆沙羅殺しも、その例に漏れないのです。

　しかしこの物語は権力をめぐる父と子の争いという見方を大きくはみ出してしまうのです。そのはみ出してしまう部分がわたしを震え上がらせたのです。

　失礼しました。名乗らなくてはいけませんね。親鸞と申します。

七百五十年あまり昔、自分のノート、『教行信証《きょうぎょうしんしょう》』と言いますが、そのノートに、お経に描き出された阿闍世王の親殺しに関する部分を書き写したのはわたしです。書き写しながら、わたしは震えていました。そのときの戦慄が、いまもこの指先に残っているほどです。
しかしそれほど衝撃を受けながら、一つだけ、とても大きな忘れ物をしてしまったことを、いまになって気づきました。あのときわたしは、重要な問いを発すべきだったのです。なぜ、息子・阿闍世は父を殺さなければならなかったのか。父・頻婆沙羅はなぜ息子に殺されねばならなかったのだろうか、という問いです。不遜ない方を許してもらえれば、もし七百五十年前に、このなぜ？　をわたしが発していたなら、現代にいたって多くの親殺し事件は起こらずにすんだかもしれない、と思えるからです。

（親鸞）現代家族の親殺し事件名を幾つか読み上げる――（間）

二〇〇四年一一月二四日　水戸事件　十九歳青年による両親殺害
二〇〇四年一一月二四日　土浦事件　二八歳青年による両親・姉殺害
二〇〇五年一〇月一九日　大阪府枚方市　十二歳男子による母親殺害

二〇〇五年一〇月三一日　伊豆の国市事件　十六歳少女による母親殺害未遂（タリウム事件）
二〇〇六年六月二〇日　奈良事件　十六歳少年による継母子放火殺害
二〇〇六年八月二八日　稚内事件　十六歳少年による母親殺害（中学時代の友に殺害依頼）
二〇〇七年五月一五日　会津事件　十七歳少年による母親殺害
二〇〇七年九月一八日　京都府京田辺市　十六歳少女による父親殺害
二〇〇七年九月二四日　長野県辰野市　十五歳男子による父親殺害未遂
二〇〇八年一月九日　青森県八戸市　十八歳少年による母親弟妹殺害
二〇〇八年七月一九日　埼玉県川口市　十五歳少女による父親殺害
二〇〇九年一月八日　千葉県市川市　十七歳少年による父親殺害

（少し間）

阿闍世の物語だけが依然としてわたしを震え上がらせると申しました。といいますのは、今読み上げた事件を起こした子どもたち、青年たちはみな阿闍世だからです。まだまだたくさんの阿闍世がいまこの国の暗闇にひそんでいる。わたしには、彼らが目に青い怒りと悲しみの炎を宿らせ、その怒りと悲しみの炎がいまにも大きく激しく燃えあがろうとしているのが感じられる。

実をいいますと、わたしもその昔、息子善鸞に殺されたのです。

「親を殺せ」の声。声の方向を探す親鸞。「親を殺せ」「親を殺せ」「親を殺せ」……あちこちで散発し、やがて舞台に満ちる。

親鸞、打ちのめされたようにその場にうずくまる。（暗転）

第一幕

2

城内の無人の広間。韋提希一人、ぶつぶつ言いながら入ってくる。

韋提希　ああ、いやだ、いやだ。どうしてあんな子が生まれちまったんだろう。いえね、息子のことなんです。阿闍世というんですけれど、きれいな男の子なの。男の子といったって今じゃとっくに二十歳は越えている。ところが素行がいっこうにおさまらない。粗暴といったのではとても足りない、残酷な快楽主義者。いや、それとも違う。もっと暗い、底冷えのするような、ふるまいをするのです。母親のわたしでさえ怖くなるような。そう、きっと、悪魔のせいなんです。きれいな顔の下に悪魔が隠れていて、ときどき顔をのぞかせるんです。どんなふうに、ですって？　あれは三つの頃だった。一人静かに遊んでいるかと思っていたら、ネコを押さえつけてひげを抜いていた。五歳になると、年上の子達に命じて、何匹もの犬を餌でおびき寄せておいて、口を縄でしばった。ぞっとするのは、そうした動物の苦痛をみる阿闍世が無表情なことなのです。

阿闍世が苛むのは生き物ばかりではありません。人が思わず顔をしかめるようなことを平然と言ったりやったりする子だった。

十歳をすぎると、仲のいい人たちの間にひびを入れることをおぼえたのです。一人の耳元に、あの人があなたの悪口を言っていたと吹きこむ。二人の間の信頼関係はあっという間に崩れ、仲違いが始まる。

だから親のわたしでさえ阿闍世には心を許せない。ついさっきも、本を読んでるわたしの前に来て、まじまじ顔をのぞきこんで、こういったの。「母上、近頃やせましたね。とてもきれいになられた。とくに頬の肉が削げ、お顔に翳りが出て、お美しくなられた。誰か王様以外にあなたに心を寄せる人ができたのですか。思い当たるふしがあるでしょう」って。

一瞬、何人もの男たちの顔が浮かんだわ、この中の誰かしらって。それともいまだまみえたことのない人。——いやねえ、そんな人いやしないわよ。でも、どきっとしたの。どうしてかって？　このごろわたしの中の女がこのまま老いていくことに抵抗しているのを感じてたからなの。それに、きれいなんていわれたことが近頃とんとなかったものだから、息子の言葉とはいえ、つい、いい気持ちになって思わず頬を緩め、声が上ずりそうになったの。わたし、煩悩をくすぐられると弱いの。煩悩をくすぐるのがうまいのよ、あの子。人を弄するテクニックっていうのはああいうのかしら？　だけど、ふと顔を見ると、あの子の動かない透明な目がわたしを見下ろしていた。寒気がして、思わずあとずさりしそうになった。慌てて「いい思いをさせてくれたサービス料」って、お金を渡してごまかしたけれど。自分のお腹を痛めた子だというのに、なぜだか、あの子が怖いの。どうしてなのかしら。

家柄良し、性格良し、素行良し、頭脳良し、ルックス良し、スタイル良し、信心良し——これがわたし。あの子はルックス良し、スタイル良し、頭脳良し、ここまでは母親であるわたしと似たのね。しかし性格と素行の点でわたしの正反対。いったい、わたしがなにをしたっていうのだろう。天に誓って、なにもしてない。ああ、いやだ、いやだ、この年になって、子どもでこんな苦労をするなんて。そうだ、きっと種が悪い。いくら畑がよくても種が悪ければ、ろくな野菜はとれない。種のせいだ、あの子が悪いのは。あっ、種が来た。（頻婆沙羅登場）

頻婆沙羅　聞こえたぞ、聞こえたぞ。種が悪いって？　何をいってけつかる。種は優良、どんないい種だって荒地では育たない。問題は畑だ。

韋提希　ふん、畑は優良です。しかしいくらいい畑だって、肥料が足りなければよい野菜は育たない。あなたときたら子育てはわたしに任せっぱなし。ちっともこやしになりゃしない。父親の愛情という肥料が不足してたばかりに阿闍世はあんな子になってしまった。（泣く素振り）

頻婆沙羅　（何もかもおれのせいか、とうんざりして）ああ、もういい。わかった、わかった。わかったから泣くのはおやめよ。ケンカしてる場合か、おれたち。それにおれたちは王と王妃だ、もっと上品に話そうではないか。

ところで釈尊先生のところにカウンセリングに行くと申していたが。

韋提希　もう行って参りましたわ、あなた。

頻婆沙羅　「もう行って参りましたわ、あなた」か。その言葉の響き、優雅だ。心なしか、顔まで王妃に戻ったようだよ、韋提希。

韋提希　そうかしら、あなた。

頻婆沙羅　「そうかしら、あなた」。愛情のあるニュアンス。

韋提希　じゃれあっている場合かしら、あなた。

頻婆沙羅　おう、そうだった。じゃが、じゃれあうのも久しぶりだ、それもこれも阿闍世のせいだ。あれのことで振り回されっぱなし、いったいおれたちの時間はどこにいったんだろう。——ああ、また愚痴っぽくなった。

韋提希　思い出したわ。以前、釈尊先生にあなたと同じことを愚痴ったら「振り回されるのも親の役割」といわれたことがあったの、すっかり忘れてた。しっかりさせるのが親の役割と思い込んでいたのね、わたしは。

頻婆沙羅　あの方は世間と同じことは決していわない。親の教育が悪い、しつけがわるいなんて、責めるようなことは口が裂けてもいわない。「振り回されるのも親の役割」か……（考える風）

韋提希　わかるの、あなた？

頻婆沙羅　わかるような、わからないような。要するに……

韋提希　要するに、なに？　わからないんでしょ？　わたしは、わかるわ、母親だから。あなたの場合は、どこか無責任になっているのね、父親っていう存在の悲しい性《さが》かしら。人様には、ご立派な人の道、王の道の常識をお説きあそばしますのにね。

頻婆沙羅　韋提希、あてこすりをいうな。それとも、おまえ、また、おれにケンカ売るつもりかい。――まあ、いい、おまえに怒っても仕方がない。それで釈尊先生はこのたびはどう申されたのだ。

韋提希　振り回されるのも親の役割というのは、そのとおりですけれど、阿闍世の場合は度が過ぎます。わたしだけがどうして息子のことでこんなに不幸にならなくてはならないのでしょう、理由が分からない、と申し上げたら……

頻婆沙羅　なんとおっしゃられたのだ。

韋提希　「そうかな」と一言だけ。それきり、黙ってしまわれた。

頻婆沙羅　「そうかな」の一言をうかがってカウンセリング料を払って帰ってきたというのか。えらい高いカウンセリング料だな。

韋提希　（夫の冗談にとりあわず）あの方はどこも何も見てないようですべてをみておられる。何をおっしゃろうとしてるのか、怖いですわ。

それにこのごろあの子が親しくしている提婆達多という若者、美しくて、如才がなくて、笑顔を絶やさず、淋しそうで。

頻婆沙羅　阿闍世と似ているな、そういうところは。女どもが放ってておくまい。

韋提希　でも目が笑ってない。どこか不気味なの。

頻婆沙羅　それも阿闍世と同じだ。あの二人は似ている。釈尊先生のお従兄弟《いとこ》だということだが、えらく評判が悪いな。
韋提希　それで、黙ってしまわれたので、話の接ぎ穂を作ろうと、こう申し上げてみたの。お従兄弟《いとこ》さんに提婆達多のような人がいらして、先生もわたし同様苦労なさいますね、って。
頻婆沙羅　おまえ、そんなことを申し上げたのか。
韋提希　あら、余計なことでしたか？
頻婆沙羅　余計なことどころか失礼だよ。
韋提希　先生とわたし、振り回されているもの同士、おたがい同病相哀れむつもりで申しましたのに。
頻婆沙羅　やれ、やれ。おまえってやつは。まあ、言っちまったことはいまさら仕方あるまい。で、先生の反応は？
韋提希　薄く、笑って、「救いようのない人だな、あなたは」、だって。どういう意味かしらね。……ええ、ええ、どうせわたしは救いようのない凡夫《ぼんぶ》ですよ。
頻婆沙羅　（一人言のように）救いようのない人か、当たってるな。
韋提希　何ですって？

頻婆沙羅　いや、おまえの凡夫の自覚、立派だよ。
韋提希　あてこすりいわないで。
頻婆沙羅　さっきのお返し、これでおあいこだよ。
韋提希　（頻婆沙羅をにらむ）
頻婆沙羅　（相手にせず）つまるところ先生にも手に負えないことがあるということだな。
韋提希　（心の内の不安をつぶやくように）うちの阿闍世と提婆達多、悪いもの同士がひきあって。
何かが起きなければいいけれど……
頻婆沙羅　（韋提希に語りかけるのではなく）ずっと前から阿闍世の行状が心配で腹心の部下を道化として送り込んである。うまく阿闍世の懐に飛び込めたようだ。だが、提婆達多の出現は計算外だった。提婆は若いがわたしの帰依する釈尊の義兄弟、しかもわが師に激しい敵愾心を抱いているという話だ。異様なほど権力欲の強い男、そんなやつが何かを企み、その企みに巻き込もうという魂胆で阿闍世に近づいたとすれば——。何事もなければいいが……韋提希は女だ。敏感に危険を感じ取っている。俺も同じだ、いやな胸騒ぎがする。まあ、何か不穏な動きがあれば、部下が即刻知らせてよこすだろう。（近づく阿闍世の声。その声に女たちの嬌声が続く）あの浮かれ女たちも部下が選んで阿闍世に近づけさせた者たちだ。

韋提希　阿闍世よ、あなた。
頻婆沙羅　そのようだな。俺たちは顔を合わせないうちに消えよう。

3

同じ広間。阿闍世、提婆達多、耆婆登場。阿闍世と提婆達多には二人ずつ浮かれ女たちが両側からまとわりついている。阿闍世の腰巾着のような道化男が一人。少し後からこの集団に馴染めない感じで耆婆が一人ついてくる。阿闍世の機嫌のよい大声。
阿闍世と女たちと道化。耆婆と提婆達多、影絵に。

阿闍世　提婆殿のおかげで今日も愉快だ、まったく愉快だ。（女たちに）、お前たちは何を感じた？
浮かれ女たち　阿闍世様と同じ愉快！　ですわ、提婆様の神通力、何度見ても信じられないことばかり。
浮かれ女3　（以下はすべて身ぶり手振りとともに）頭から火を出しました、ボーっ。足の先から水を出しました、ボジョボジョボジョ。

浮かれ女4　左に水がシャーっと飛び散ったかと思うと、右手から光線のような火が噴き出していました、ビーム。

浮かれ女1　みるみる大男になりました、ぐんぐん上に伸び、横に広がって。次の瞬間、あっという間にぺしゃんこになり、小人に変身しました。小さく小さく小さくなって、とうとう一寸法師、気をつけないと、踏み潰してしまいそうでした。

浮かれ女2　虚空に浮かんで静かに座っていました。突っかい棒もなし、それでも、体重がなくなったみたいに、落ちてこないのです。重力の法則の無視です。

浮かれ女3　消えたかと思うとあらぬ方角から姿を現しました。まるで量子力学の世界です。

浮かれ女4　犬にも（ワンワン）、猫にも（ニャーゴ）、なることができるのです。

浮かれ女1　風を吹かせることも、雲を呼び、雨を降らせることもできます。祈祷師の雨乞いはいらなくなると思いました。

浮かれ女2　夏なのに雪が降るのです。ひらひらひらひら、雪の花。あたし、雪をみたのは生まれてはじめて。

浮かれ女3　昼を夜にできます。たくさんの星が夜空にまたたいていました。

浮かれ女4　夜には、死んだ者さえも生き返らせることができるのです。あたしは話しました、死んだおばあちゃんと。
浮かれ女1　ぞっとするような魑魅魍魎の世界も垣間見せてもらいました。
浮かれ女たち　（現実に戻って）阿闍世様が愉快なら、あたしたちも愉快、めくるめくような体験は一つ。
阿闍世　夢中になったというのだな。
浮かれ女たち　はい。
阿闍世　ということはその間、俺という存在を忘れていたということになる。
浮かれ女1　あたしたちがここにいられるのは阿闍世様の思し召し。阿闍世様の退屈しのぎがあたしたちの役割。
阿闍世　その役割を忘れて、夢中になったというわけか。
浮かれ女2　いいえ、あたしたち、阿闍世様が提婆様の神通力に夢中になるのをみてから、夢中になりました。阿闍世様の愉快が、わたしたちの愉快。あたしたちの愉快は、阿闍世様の愉快のいわばおこぼれにすぎません。
阿闍世　うまいこと逃げおったな。ところでいま、俺の愉快が、おまえたちの愉快だといったな。俺とおまえたちとは違う人間だ。人間が違えば感じ方も違おうというものだ。それなのになぜ俺の愉快がおまえたちの愉快になる？　おまえたちと俺は違う人間か、それとも同じ人間か？　（阿闍世の言葉、表情が少しずつ変わってくる）

浮かれ女３　同じ人間だなんて、滅相もございませんわ。

阿闍世　違う人間なのだな。どう違う人間だ？

浮かれ女４　身分がちがいます。ほんらいなら、とてもごいっしょできるような間柄ではありません。あたしたちは女です。

阿闍世　ではもう一度聞く。そのくらい違う人間なのになぜ、俺が愉快なら、おまえたちも愉快というのか。

浮かれ女１　そのように問い詰められましても……答えられないわよねえ、あたしたち。

浮かれ女２、３、４　答えられないわ、あたしたち、ねえ。（女四人、寄り集まって仲間意識を発動し、阿闍世の鉾先が誰か一人に向かうのを回避する）

阿闍世　困らせているのではないぞ、聞いているのだ。

浮かれ女２　あたしたち、問答が苦手。

浮かれ女１、３、４　問答は殿方の専売特許。

浮かれ女3　あたしたちは女です。まして浮かれ女。

浮かれ女1、2、4　風に吹かれる柳です。

浮かれ女4　風向きしだいで、あっちにゆらゆら、こっちにゆらゆら。

浮かれ女1、2、3　どちらにもなびきます。

浮かれ女たち　殿様が愉快なら、あたしたちも愉快。それがあたしたち女です。

浮かれ女たち影絵に

4

道化　お鉢が回ってこぬうちに。(阿闍世の鉾先が自分に回ってきそうなのを察して、逃げようとする)

阿闍世　(阿闍世、その襟首をつかんでおいて、女の声色で) 問答は、あたしたち女には野暮というもの。では、殿方の一人、おまえが女に代わって答えてみよ。正直に答えれば、これ以上を尋ねまい。ただし、不正直だと、どうなるかわかっているな。

道化　（観念して）人通りの多い路上で尻を鞭で打たれながら裸踊り。ガンジス川の水をその場で腹が下るまで飲み続けます。それが終わるとお遊戯。「カラスなぜ泣くの」を三回、女の格好をして、（歌いだす）

阿闍世　屈辱感でいっぱいだろう。

道化　いえ、いえ、屈辱感を自嘲に、おのれを笑いのめすことで芸に変えるのが道化。自ら恥をさらし、相手を笑わせ、恥じ入らせるがわたしの仕事。

阿闍世　では、俺を恥じ入らせてみよ。なぜ、俺が愉快なら、おまえたちも愉快というのか。

道化　そう申し上げねば、わたしたちは阿闍世様にそむいた謀反人になってしまいます。

阿闍世　問答が気に入らないと、相手を謀反人にするのが俺ということになるな。

道化　言葉は取り方しだいでどんなふうにも意味を変えてしまいます。とんだ誤解のもとになるのが、言葉。

阿闍世　深みに入ると、意見の違いが優劣の争いの種になる。自説の固執が長年の友だちを、敵味方にわけかねない。

道化　ご明察です。力のある者とない者。一方は正義、もう一方は謀反人になります。それにバカはわたくしめのアイデンテテイなのです。大切なことは、自分の言葉を持たないこと、自分の意思をもたないこと。阿闍世様、あらためてお聞きします。謀反人の行く末は？
阿闍世　謀反を企てた者に待っているのは毒蛇の穴かトラの檻と決まっている。
道化　どっちを選べといわれても、とてもお相手はつとまりません。阿闍世様にお尋ねします。コブラやトラは笑うでしょうか。
阿闍世　これまで毒蛇は数え切れんほど飼育したが笑った蛇をみたことがない。
道化　毒蛇を飼うのは法律違反、つかまりませんか、警察に。
阿闍世　俺は王子だ。
道化　おお、そうでした。毒蛇の目は動かず冷たく無表情。誰かさんみたいに（提婆達多にちらと目をやる）。それに比べトラはライオンと同格の百獣の王。笑うでしょう？
阿闍世　笑うかもしれんな。
道化　だったら謀反人のわたくしはトラの檻に入ります。笑わせて笑わせて、笑い殺してしまいます。ところで阿闍世様、風の運んできた話では、アラビアの王は謀反人の申し出を聞き入れたそうです。
阿闍世　ほう、謀反人の申し出だと？　どんな申し出を聞き入れたというのだ。
道化　謀反人といっても、もともと王を慰めるわたしのような道化。どんなしくじりをしたのやら。きっと、自分の内心の言葉を語ってしまったのでしょう。それはわかりませんが、道化の申し出たのは、千と一日、毎夜毎夜、笑わせ続けます、そのあいだ刑の猶予を、と。

阿闍世　一日でも王が笑わなかったら。

道化　即刻その場で。（自分の首をはねるしぐさ）

阿闍世　それで千と一日、道化は笑わせ続けられたのか？

道化　いえ、途中までで。

阿闍世　やはり道化は挫折したか？

道化　どうしてどうして、それが逆なのです。道半ばで、王様が笑いすぎて腸ねん転を起こして死んでしまったのです。

阿闍世　（笑う）道化の勝ちか。それはいい。どうだ、おまえと俺で、千と一日。俺が負けたら、お前の家来になろう。

道化　とても勝ち目はございません。阿闍世様はお若い。アラビアの王様は七十五歳の後期高齢者だったとか。生活習慣病で腸がどうちようもなくくたびれていたといいます。

阿闍世　今どきオヤジもうけないオヤジギャグを人前でひるな。おならより下品だぞ。

道化　失礼しました。お許しを。

阿闍世　（まあ、いい）。つまり若い俺には勝ち目がないから、権力に同調するほかないという
わけか。
道化　いえ、同調ではなく、バカ一筋の忠義でございます。
阿闍世　忠義ではなく、お追従だろう。おまえの体はお追従でできているらしいな。
道化　さすがご慧眼。わたしの体のなかは阿闍世様、あなたさまへのへつらいでいっぱい。あ
くびをしてもお追従、ゲップをしてもお追従、おならまでお追従の音がする。
阿闍世　どんな音だ、いったい？
道化　おべっか、おべっか、おべっか。——どうです、臭いでしょう。
阿闍世　くさっ、おまえ、ほんとうにしたな。（影絵の女たち「やあねえ」などといいながら離れる）
道化　嫁の屁は五臓六腑を駆け巡る。
阿闍世　俺の嫁だと？　誰が貴様など。うー、それにしても……
道化　ききましたか？　わたくしめはクセモノ。あの方もクセモノ（と提婆達多を指差す。）
阿闍世　クセモノめ、反吐が出そうだ。
道化　おっと、その反吐をいただきましょう。好いたお方の吐くゲロならば……。阿闍世様な
しでは、夜も日も明けぬわたしめでございますゆえに。

阿闍世　おお、気色悪い。おまえの言葉で吐こうと思ったゲロがひっこんでしまったわ。

道化　（手を合わせて）ありがたや、ありがたや。

阿闍世、道化、影絵に

5

少し離れたところで女たち

浮かれ女1　阿闍世様は、このところずっとご機嫌続き。今日もご機嫌、キレそうになっても、キレない。こんな日が毎日であったなら。

浮かれ女2、3、4　（うなずき合い）ほんとうに。

浮かれ女1　いつもなら、ご機嫌が急変するもの。にぎやかに騒いでいても、最中に、突然、ご機嫌が斜めどころか、逆さになる。

浮かれ女2　あたし、怖い阿闍世様はみたくないわ。
浮かれ女3　理由がわからないまま、いきなり怒り出すんですもの。体がぶるぶる震え、顔色が青ざめ、目が異様に光って。そうなると阿闍世様じゃなくなる。どうしてでしょう、あたしたちの何かが気に障るのかしら。そこが知りたい。
浮かれ女1、2、4　それを知ることができたら。
浮かれ女4　あら、でも知ってどうするの？　それって、問答じゃないの？
浮かれ女3　バカねえ、あなたって。
浮かれ女1、2　バカねえ、あなたって。
浮かれ女4　何であたしだけバカなの？　ひどい。
浮かれ女3　問答じゃなくて、これは知恵。阿闍世様の癇にさわらないように気をつけることができる。
浮かれ女1、2　ご勘気に触れなければ一日が極楽。さもなければ、地獄。
浮かれ女4　地獄はいや、あたし、阿闍世様に異変がくると、芯から震えが走るの。悪魔が棲んでるのかしら、あの方の心に。
浮かれ女1、2、3　耳の大きな、尻尾のはえた悪魔が一匹。

浮かれ女たち　シー。聞こえたらたいへん。それこそ謀反人。オー、こわっ。
浮かれ女１　でも今日もご機嫌続き。どうしてかしら。あら、これって問答?
浮かれ女２　問答じゃないわ、だって答えは決まってるもの。提婆さまの神通力のおかげ。たった一度で阿闍世様の心をつかんでしまった。
浮かれ女たち　穏やかな阿闍世様は提婆さまの全能の神通力のおかげ。
浮かれ女１　阿闍世様はご機嫌でした。
浮かれ女２　いままでこんなに頬を緩め、白い歯をみせた阿闍世様を知らない。
浮かれ女３　ほんとうに。こんなに楽しそうな阿闍世様ははじめて。
浮かれ女４　おかげであたしたちもゆったりこ。どったりこ。
浮かれ女たち　それもこれも提婆さまのお力です。全能の提婆さま（うっとり）。
浮かれ女４　それにしてもスペクタクルの連続。驚きと興奮の坩堝、思い出しただけでおっぱいがとがってくる（身振り）。
浮かれ女１　提婆さまに不可能なことって、あるのかしら。
浮かれ女２、３、４　ない、ない。
浮かれ女１　では誰にもわからないうちに、あたしを美しい布で包んでお持ち帰りしてくれるなんてこと、できるわね、あの方。
浮かれ女2　急に現実的な希望をもちだしたわね。あの方って、どの方。
浮かれ女1　もちろん提婆様。
浮かれ女2、3　まあ、ずうずうしい。
浮かれ女3　あたしだって、提婆様に……。柔らかい布のなかで夢心地のあたし。
浮かれ女2　あら、あたしもよ。あたしは布なんかいらない、じかに提婆様の胸の中に抱きかかえられて。二人は天に昇るのでした。
浮かれ女1、2、3　まあ、なんてことなの、あたしたち三人が三人、同じ人にお持ち帰りを望むなんて。（女三人、にらみあう）
浮かれ女1　女の闘いのはじまり。
浮かれ女2　負けないわよ、あたし。
浮かれ女3　神通力を提婆様に教わりたい。
浮かれ女1、2　教わってどうするのよ?
浮かれ女3　あなたたちを猫にするの。あたしたちのおそばにおいてあげるわ。
浮かれ女1、2　まあ、あたしたち猫になるんですって。だったらあなたはねずみになんなさいよ。あたしたちが食い殺してやる（三人、つかみあいになる。爪を立てないで、あんた爪を切っていないでしょ、痛いったらありゃしない、切りなさいよなど。）

浮かれ女1、2、3　やめ――やめ――。女の戦いは休戦。

浮かれ女4　あー、久しぶりに男で興奮しちゃった。

浮かれ女1、2、3　これだから慎みがない女はやーね。

浮かれ女4　えらそうに――。（浮かれ女4に向かって）では聞くけどあなたはどなたにお持ち帰りしていただきたいの？

浮かれ女4　まだ、その話？

浮かれ女1　いいたくないの？

浮かれ女4　いいたくないわけじゃないけど。……恥ずかしい。

浮かれ女1、2、3　恥ずかしい、ですって？　あなたが？（そんな感情もってたの？）

浮かれ女4　そうよ…いいわ、打ち明けますわ。えーとね、あたしは耆婆様。物静かでやさしくって、素敵！（うっとりと）

浮かれ女1（女たち意外というふうに顔を見合わせて）これはまた意表を突く選択ですこと。もしかして、あなたは女じゃないんじゃなくて？

浮かれ女4　どうしてあたしが女じゃないというの？

浮かれ女1　わからないの？　では教えて差し上げますわ。女の特徴はね、神通力に弱いところなの。

浮かれ女2　だからあたしら三人は女。

浮かれ女1、2、3　（声をそろえて）　憧れは提婆様。

浮かれ女4　そう。でも、おかしいわね。提婆様が現れる以前は、全員阿闍世さま。そのときなんとおっしゃったかおぼえていますこと？　こういったのよ、女の特徴はね、権力をもっている人のおそばに行きたがるところなの。

浮かれ女3　（そうだったっけ、という顔で）まあ、いいじゃないの、女は変わるものなの。女の価値は、そのときどきの男次第ってことですわ。

浮かれ女4　女の操というのはないのかしら。

浮かれ女3　いま、なんとおっしゃった？

浮かれ女4　女の操。

浮かれ女3　憮然、呆然、あきれた、驚いた。（浮かれ女1、2も身ぶりで憮然、呆然を表す）あなたの口から女の操などという言葉が飛び出すなんて、世も末ね。釈尊様のおっしゃる末法の世の始まりかしら、これは。はっきりいっておきますけど、あれは歌の世界だけ、一人で立てない、情けない男たちが求める幻想です。

浮かれ女1、2　身勝手で、浮気な男たちのセンチメンタルな幻想です。

浮かれ女4　そのとおりです。

浮かれ女3　やっと正気に戻ったわね。話をあなたに戻すと、耆婆さまとはね、若いのにあなたって渋好みね。でも、あの人むずかしそうよ。女性に興味がないみたい、特にあなたには。

浮かれ女4　ははばかりさま。そこをなにがなんでも興味を持っていただくのがあたしたち浮かれ女の芸っていうものでしょ。あたしの誘惑術で落ちなかった男はいない（胸を張る）。

浮かれ女2　おっ、己を知らない自信。

浮かれ女4　だけど（シュンとして）、この涼しいあたしの目元から秋の波を送っているのに、耆婆様には届かない。

浮かれ女1、2、3　秋の波？

浮かれ女4　そう、秋の波。

浮かれ女1、2、3　秋の波って、送れるの？

浮かれ女4　送れるの（こんなふうにと色目を使う）

6

最後の会話が阿闍世に聞こえる。阿闍世、浮かれ女たちの輪に入る。

阿闍世　秋の波って、秋波《しゅうは》。女が男に色目を使うことさ。国語の時間が必要だな。
浮かれ女3　国語の時間ですか？　おもしろそうですこと。
浮かれ女たち　おもしろそうですこと。
浮かれ女1　で、先生はどなた？
阿闍世　俺さ。
浮かれ女2　では生徒はあたしたち？
阿闍世　ほかに誰がいる。国語の教養が必要なのは君たちなのだよ。
浮かれ女3　起立。（浮かれ女たち突然生徒になる）
浮かれ女たち　先生おはようございます、みなさんおはようございます。

阿闍世　おはよう、諸君。今日の一時間目は国語です。用意はいいですか。
浮かれ女たち　はい、先生。
浮かれ女3　先生、早速ですが、質問があります。男が女に流し目をおくることはなんというのですか。
浮かれ女4　それは春の波、春波《しゅんぱ》にきまってますわ。
阿闍世　そんな言葉はないぞ。
浮かれ女1　夏の波、冬の波もないのですか。
阿闍世　ないな。
浮かれ女2　どうして秋だけが波とくっついて、ほかの春夏冬は波においてきぼりにされたのですか。
阿闍世　想像してごらん、君たち。秋風が立ち、水面にさざなみが走るのを。それが、女が美しい涼やかなまなざしに隠して男に送り込んでくる欲望のメタファなのさ。
浮かれ女たち　（顔を見合わせ）メタファ？　横文字か。
阿闍世　秋風は女、水面が男さ。
浮かれ女3　男というお池に男への欲望を抱いた女という蛙が飛び込んだ。

浮かれ女４　「古池や蛙飛び込む水の音」という句の意味はそういうことか。
浮かれ女１　（遠い目をして）秋風が澄み切った池の水に欲望のさざなみを立てる。
浮かれ女２　涼やかなまなざしの奥の欲望を送り込まれた男の心に波風が立つ。
浮かれ女たち　最初はさざなみ、やがて波風。（悪い予感を感じたふうに）そして激しい波風が、嵐のような波風が立つ。（舞台、青白く変色、そのなかで阿闍世、耆婆、道化、女たち、烈風に翻弄されるような動き。提婆達多だけが動かないでそれを見ている）
阿闍世　わかったか。
浮かれ女１、２、３、４　はい、先生。
阿闍世　では、今日はここまで。
浮かれ女１、２、３、４　起立、礼。
道化　（拍手しながら近づいて）さすがは阿闍世様、すばらしい国語の時間でした。おまえたちも少しは利口になっただろう。
浮かれ女４　あたしたち、秋波なんか、知ってましたよー。知っていて試したんです、あたしたち。ねー。（女たち、いっせいに、ねー）
道化　誰を試したんだ。

浮かれ女たち　さあどなたでしょう？

道化　もったいぶりおって。まさか、阿闍世様ではないだろうな。

浮かれ女たち　まさかあ、阿闍世様ではありません。

道化　となると、俺？　教養が着物を着て歩いているようなこの俺を？　まさか、ね。

浮かれ女たち　まさか（あんたなんか、眼中にありません）。

浮かれ女たち、耆婆、提婆達多、阿闍世と順に標的を狙うように不穏な感じに指差して、その指を客席に向けなおす。

浮かれ女たち　お客様。

阿闍世　お客様！　お客様はみな、秋波なんぞはとっくにご存知だ、なぜならお客さまは神様だからです。神を試すとは、ゴウガンフソン、罰当たりな。お仕置きをしてやる。

道化　おっと、女どもへのお仕置きはお任せを。おい、おまえたち、尻を出せ、ぺんぺんしてやる。

浮かれ女たち　このエロオヤジ（逆に道化を痛めつける）。それにしても阿闍世様って、古いのねえ。昔の歌手のいったことなんか持ち出したりして。

阿闍世　先人の知恵をバカにしてはいかんよ。数々の名言も歴史のふるいにかけられて、消えていった。しかしこの言葉はいまも生きて燦然と輝いている。

道化　三波春夫でございます、お客様は神様でございます。

阿闍世　へたくそ、そうじゃないだろ。（と、みずから）三波春夫でございます、お客様は神様でございます（女四人、誰も受けない）。受けないな、まあ、このくらいでやめておこう。で、誰に誰が秋波を送ったというのだ。

浮かれ女1　耆婆様に、この人が（浮かれ女4を指す。浮かれ女4、耆婆にぴったり寄り添う。困った風な耆婆、しかし退けない）

阿闍世　で、ほかの三人は。

浮かれ女4　提婆さまにお持ち帰り希望です。神通力によってきれいな布に包んでもらって、お持ち帰り。

阿闍世　提婆殿が承知しなければどうする？

浮かれ女たち　ご承知いただけなかったら、わたしたちの失敗、そのときは提婆様を……。

阿闍世　あきらめるか。

浮かれ女たち　あきらめます。

浮かれ女たち　（内心の声になって）いえ、殺します。それが頻婆沙羅大王との約束。

舞台、青白く変色、提婆達多を取り囲んで四方から切りかかる女たち。

阿闍世　おれには誰もいない。みんなにふられたわけか。

浮かれ女たち　はい、ふられておしまいです。

道化　（乗り出してきて）こういうとき、美貌は無力だ。その点、おれなんざあ……

浮かれ女たち　あなたは貧乏。

道化　美貌も無力、貧乏はもっと無力。金持ちで美貌なら道化をやっているわけがないか。（引っ込む）

阿闍世　（機嫌よく提婆達多を見て）確かに提婆殿の神通力は素晴らしい。しかし無断でわたしから女どもを奪ってしまうというのは、無体な話。なにかお返しをしてもらわなくてはなりませんな。いかがです、提婆殿。

提婆達多　（近寄って）おおせのこと、ごもっともです。では、お返しをいたしましょう。

提婆、いきなり数十メートルの虚空にあがり、そこから阿闍世を見下ろす。阿闍世は思わず手をあげて虚空の提婆をこちらへというふうに差し招く。すると提婆は、なんと赤ん坊になって地上を這い、阿闍世の膝にのぼろうとする。阿闍世は、あまりの可愛いしぐさにわれを忘れて抱き上げ、頬擦りしたり、キスしたり。そしてキスした拍子に赤ん坊の口に唾を入れた。すると提婆は阿闍世の唾を飲み込んだ、そう思ったとたん、阿闍世の目の前に提婆達多が立っており、阿闍世はその提婆達多を抱き寄せていたのだ。

提婆達多　阿闍世殿、これがわたしのお返しです。

阿闍世　（しばらく感極まったふうに無言、そして宣言する）諸君、ごらんなっただろう。提婆殿とわたしは、いま、友だちよりも、愛人よりも、もっとずっと濃密な関係、兄弟になったのだ。

浮かれ女たちは呆然と立ち尽くす。道化も耆婆も言葉が出ない。阿闍世と提婆達の二人だけにスポット。

阿闍世　（しばらくして）このような力をどこで手にされた？

提婆達多　そのことについてはもう、何度もお話ししました。

阿闍世　何度でも聞きたいのです。あなたの神通力はどなたに伝授されたのです？　まさか独力で？

提婆達多　そのまさか、です。わたしには教えを仰いだ師などおりません。山中に一人こもり、鳥や獣と交わりました。共に走り、共に飛び、共に寝ることで彼らから能力を授けられたのです。山の頂上に立ち天と交信し、天からの声を聞くことができるようになりました。土を食べ、火をくぐり、水とたわむれ、大気の流れに身を委ねました。何日間、何ヶ月と瞑想し、あらゆる事物の中心に入り込み、その秘密を知りました。いまでは現実空間はわたしの思いと混融し、まさに変幻自在となったというわけです。

阿闍世　すばらしい。世の中にこれほどの修行を積んだ人がいようとは。聖人という存在はいるのだな。

提婆達多　わたしは聖人などではありません。これしきのことができたからといって聖人とはおこがましいことです。まだまだ修行の途中です。

阿闍世　そういう謙虚さが聖人である証拠。

提婆達多　恐れ入ります。
阿闍世　これは今日初めて尋ねるのですが、なにか望むものはないですか？
提婆達多　なにもございません。あなたとこうしてお近づきになれたことで十分です。
阿闍世　欲のないお人だな。そうだ、父王・頻婆沙羅は釈尊のパトロンになっている。わたしはあなたのパトロンになろう。
提婆達多　ありがたいことです。

7

耆婆が阿闍世のもとに近づく。阿闍世、耆婆以外の人物影絵。

耆婆　阿闍世様　提婆達多殿のパトロンになるのは、おやめになったほうが。お父上と張り合う、それは大王と対立することです。お父上をそのように扱われることは、あなたが大王と対等になろうとし、さらに力において大王を凌駕しようという願望がおありになるとみなされます。

それに提婆殿の神通力、提婆殿は独力で身につけられたと申されているようですが、わたしは以前に同じような技をみたことがあります。釈尊のお弟子の一人、阿難殿です。阿難殿は釈尊の前で余興のつもりで神通力をご披露した、それは見事なものでした。失礼ながら、提婆殿が示された能力のはるかに上を行く力を感じました。

ところが釈尊の反応は、阿闍世殿と正反対。労をねぎらわれた後、こう釘を刺された。そのような能力は高度な悟りとは無関係であること。すぐれたものだけに授けられた特殊な能力と錯覚してはならないこと。それどころか、人がよろこび、喝采するから、慢心のもとになる。自分を錯覚し、人々を惑わす。今後は封印して、人前ではなさらないよう戒めたのです。阿難殿はたいへん恐縮し、かつ恥じ入っておりました。

それに、提婆殿は阿難殿とご兄弟、兄上です。

阿闍世　耆婆。きみは提婆殿がきらいか。

耆婆　わたしは阿闍世様、あなたが心配なのです。

阿闍世　耆婆、男の嫉妬はみっともないぞ。俺が心配だと？　どう心配なのだ？

耆婆　わかりません。あなたが心配だと申しましたが、あなたが提婆殿とむすびつくことが心配なのです。何かが起こりそうで。うわさでは提婆殿は釈尊の行く先々で先回りして、土地の木を一本残らず切り倒し、水を濁らせ、作物をだめにし、人びとを苦境に追いやったといいます。それもこれも釈尊が憎いばかりにとった行動だといわれています。その破壊状態をたちまちもとに復したのは、釈尊なのです。釈尊の行為こそがほんとうの神通力。

阿闍世　耆婆よ、それはキミの目で確かめたことか。

耆婆　確かめてはいません。

阿闍世　噂だろう。だとすれば、それを嫉妬というのだ。俺とキミは幼いときからの友だちだ。提婆殿と親しくなったからといって、キミをないがしろにするつもりなぞ、毛頭ないぞ、耆婆。

耆婆　わかっております。しかしわたしが申し上げたいのは……

阿闍世　もういうな、聞きたくない。それに何かが起こりそうというが、わたしは何かを起こしたいのだ。耆婆、キミと提婆殿と俺とが手を結べば、何かができる。

耆婆　改革ですか。どこの国でも二世議員はとかく改革、改革といいます。

阿闍世　その手のアマチュア政治家などといっしょにするな。確かにおれは二世だ。いまは父王・頻婆沙羅の治世下にある。だが父上の政治は古い。わたしには改革のための新しいビジヨンがある。

耆婆　おっしゃるとおりでしょう。しかし、提婆殿と組むのはいかがなものかと。

阿闍世　耆婆よ、提婆殿を否定することは、この阿闍世を否定すること。いかに友人の耆婆であろうと、それは出過ぎたことだ。

耆婆　ご無礼をいたしました。でもいま申し上げた、提婆殿と組むのはいかがなものかという言葉、撤回するつもりはありません。

阿闍世　そうか、わたしたちと一緒に行動できないというのだな。それならば、ここを去ってもらうしかない。

耆婆　残念ながら。でも、わたしはいつもあなたの友であることを忘れないでください。ごきげんよう、阿闍世様。

耆婆、一礼して去る。

8

それから一ケ月が経過した王舎城の阿闍世の部屋――提婆達多と道化の三人きり。

阿闍世　退屈だ、退屈だ、退屈だ、退屈だ。（イラ　イラと道化に近づき、蹴ろうとする。道化、身をかわす）

道化　阿闍世様の退屈は生まれつき。神通力は退屈の一時しのぎにすぎなかった。

阿闍世　提婆殿、あなたの神通力にも少々あきてきた、空中浮揚はあきた。猫になろうと鳥になろうと、変わりばえしない。あなたの変幻であって、あなた自身が変わったわけではない。女子どもをたぶらかして、楽しむことはできても、それは一時的なものだ。（道化を追いかける、道化は身軽に身をかわし逃れる）

道化　退屈しのぎがなくなれば、凶暴さが目を覚ます。

阿闍世　早い話、赤ん坊になったあなたをわたしが育てるということができたら、おもしろかったのだが、赤ん坊のあなたはほんとうのあなたではなかった。わたしはまぼろしを抱いただけだ。もっとおもしろい、身体中の毛という毛が総毛立つほどの新しい神通力はないのか。快楽はないのか。命と取りかえてもいいほどのスリルと快感をもたらす神通力はないのか。

提婆達多　（しばらく沈黙の後）ないことはありません。とっておきのが一つ。

阿闍世　ないことはない？　では、あるということだな。さすが提婆殿。そのとっておきの神通力を見せてもらおう。
提婆達多　阿闍世殿、あなたは身の危険をいとわぬとおっしゃった。
阿闍世　おお、確かに命と取りかえてもいいくらいのスリルを求めている。それくらい、退屈している。退屈がなくなるのなら、死ぬのもいとわない。
提婆達多　ならばお見せいたしましょう。というよりこのたびの神通力は見せるものではないのです。言葉です。わたしの言葉を聞いたとたん、あなたはもとのあなたには決して戻れなくなるのです。
阿闍世　もとのおれに戻れない言葉とな。で、どうなるといのだ。
提婆達多　ほんとうの阿闍世殿が現れるのです。
阿闍世　ほんとうのわたしが現れる？
提婆達多　はい。ほんとうのあなたが。
阿闍世　いまここにいる俺はほんとうの俺ではないというのだな。おもしろそうだ、その神通力、見せてもらおうか、提婆殿。
道化　（二人のあいだに割って入り、会話の進行を邪魔しようとする）いけません、いけません。

阿闍世　邪魔だ、邪魔だったら。（としつこく邪魔する道化を蹴ろうとする。逃げる道化、逃げ切れず蹴られる。うずくまる道化。そのあいだに阿闍世は提婆達多に近づき、話を促す）

提婆達多　あなたにお会いしてからずっと、あたためてきた神通力。本邦、初公開です。だが、もう一度申し上げると、一度聞いてしまったら、あなたはもうもとのあなたには戻れない。それでもよろしいか？

阿闍世　かまわん。ただ一つだけ、聞いておきたい。提婆殿はどうなる？　一度、言葉にしてしまったあなたはどうなるのです。あなただけは、相変わらずもとに戻れるのか。

提婆達多　むろんわたしとて、もとに戻ることはできません。

道化　（蹴られて倒れた位置から二人を見て）戻れないことは死ぬこと。

阿闍世　つまり、一蓮托生ということか？

提婆達多　運命を共にすることになるのです。

道化　いい方を変えれば無理心中。

阿闍世　ほう、提婆殿とわたしが運命を共にする？　そんな神通力はみたことがない。肛門から頭のてっぺんまでぞくぞくしてきたぞ。

道化　提婆の毒気に当たっただけ。

提婆達多　では、ほんとうによろしいのですか。
道化　なむさん、時間よ、止まれ。
阿闍世　俺たちは互いの唾を飲みあった仲ではないか。ためらおうはずがない。
道化　ためらわなければ、宇宙の基軸が崩れる。
提婆達多　ではじめましょう。
道化　もうだめだ、世界の終わりの始まりだ。早く大王にお知らせしなくては（去ろうとする）
提婆達多　その前に。（提婆、去ろうとする道化を追って、無言で背中から斬りつける。道化、倒れる）
阿闍世　なぜ、斬った？　俺の大切な道化を、わたしの狂気をなだめることができるただ一人の男だったのに。
提婆達多　後戻りのない始まりをはじめるために、斬りました。それに道化はわたしたちの動きを監視するよう命じられた頻婆沙羅様の手のものです。
阿闍世　父上の部下と？　では父上の部下を切ったということになるな。父に逆らう、それほどの覚悟のいることだったのか。
提婆達多　はい。
阿闍世　（阿闍世、自問する）だが、なぜ、父上はわたしを監視しなくてはならぬのだ。まあ、いい。

（提婆達多に向き直り）で、はじまったのか？
提婆達多　はじまりました。
　一呼吸置き、厳粛に姿勢を整えて。
提婆達多　阿闍世殿は、未生怨という言葉をご存知か。
阿闍世　ミショウオン？
提婆達多　未だ生まれざるときの怨みと書きます。生まれる以前に埋め込まれた怨み。生まれてくる前にすでにある人に殺したいほどの深い怨みを抱いている。その怨みをもって生まれてくることです。
阿闍世　それが未生怨か。で、その未生怨がどうした？
提婆達多　はい。阿闍世殿、それが、あなたの名前です。
阿闍世　わたしの名前？　誰がそんな名前をわたしにつけた？
提婆達多　誰がではありません。あなたの運命があなたに名づけたのです。
阿闍世　俺はそんな名前で呼ばれたことはないぞ。

提婆達多　誰が王子さまに面と向かって呼びましょう。でも陰ではみんなそう呼んでいます。
阿闍世　わたしの名前が未生怨であるゆえに、その深い怨みを抱いている誰かをわたしが殺すということか。みんながそういっているというのか？
提婆達多　さよう。阿闍世とは未生怨ということです。
阿闍世　ではそれがわたしの存在理由？　この世に生まれてきた意味は人を殺すためなのか。
提婆達多　あなたはあなたのその名において、人を殺すことになるのです。
阿闍世　そんな……（絶句）。で、いったい誰をわたしは殺すことになるのだ。
提婆達多　あなたの右手の指を見せてください。この小指、ひどく曲がっていますね。
阿闍世　確かにひどく曲がっている。子どもの頃気がついて、母に尋ねてみたら、乱暴な子だったので走り回っていて転んで折ったという返事だった。
提婆達多　確かに折った痕です。しかし、転んだのではない。
阿闍世　この骨折の痕が未生怨と関係があるというのか。
提婆達多　大きく関係しています。
　阿闍世殿、あなたはお父上を殺さなければならない。
阿闍世　父を殺せだと？

提婆達多　というのも（耳元で語り始める。客席には聞こえない。倒れて死んでいたはずの道化、突然、体を起す）

道化　怨みの哲学は、世界を滅ぼす。わかっていることなのに人は怨みを捨てない。希望を捨てても怨みは捨てられない。それが人間だ。では、怨みを人間に植えつけたのは誰だ。

「親を殺せ」の声。「親を殺せ」「親を殺せ」「親を殺せ」……あちこちで散発しやがて舞台に満ちる。

9

父殺しの場面

阿闍世　（叫ぶ）親父、いや、もう父親ではない。頻婆沙羅（叫ぶように呼ぶ）。誰かおらぬか。（入ってきた部下たち数人に）頻婆沙羅をここに引っ立ててこい。

提婆達多　（激昂する阿闍世の傍らで青ざめた顔で宣言する）阿闍世は父を殺して現世の王になる。

では俺は。釈尊を亡き者にし、全世界の人の心を支配する信仰の頂点に立つのだ。

再び「親を殺せ」の声。「親を殺せ」「親を殺せ」「親を殺せ」……あちこちで散発し、舞台に満ちる。

第一幕終わり

第二幕

10

病床の阿闍世。寝台に病気で横たわる阿闍世（舞台下手の台にある）。その阿闍世を看病するために韋提希が登場

韋提希　部屋の外まで臭ってくるよ。こんな悪臭はかいだことがない。このあいだまでは非行問題で悩まされ、今度は病気だ。やれやれ、世の母親というのはこんなにも息子に苦しめられるものなのかねえ（といいながら、部屋に入る）

韋提希　（侍女に）ご苦労だね、どうだい阿闍世の加減は？　眠っているようだね。

侍女　（マスクをしている）おやすみでございます。さきほど、それも熱と痛みに疲れ果てて、ようやくお眠りになったばかりです。

韋提希　この上気した顔。熱が下がってないんだねえ。

侍女　夜はうなされ、なにか大きな声でうわごとをおっしゃいます。目覚めると、恐ろしい夢を見たせいでしょう、びっしょり汗をおかきになっていて。

韋提希　着かえさせてくれてるんだろうね。

侍女　お目覚めになるたびに、体を拭かせていただき、それから着かえていただいております。

韋提希　そうかい、礼をいうよ。それにしても、可哀そうに。ああ、こんなになってしまって、あの美しかった阿闍世はどこにいったの？　問題児だった頃が懐かしいくらいだ（と、阿闍世の顔を覗き込む）

阿闍世　（阿闍世、目をあけて）母上（来ていたんですか）。

韋提希　あら、起こしてしまったね、ごめんよ。苦しいかい？　阿闍世。今日はよくきく薬をもってきたよ。さあ、これを服《の》んで。いま煎じさせるからね。それから軟膏を塗ってあげましょう。

阿闍世　（韋提希に助けられ寝台に半身を起こして）ありがとう、母上。だけど、この病気はどんな薬も効かないんです。現に、この間の薬はまるで効きませんでした。

韋提希　そのようだねえ。でも、今度のは名医が効き目を保証している評判の薬だよ。

阿闍世　効きませんよ。
韋提希　あきらめないでおくれよ。膿《うみ》はわたしが吸い取ってやるよ。その後に薬を塗り込めばいい。
阿闍世　そこまでしてくれるというのはうれしいけれど、この病気は外からばい菌や毒が体に入ったものではなく、内側の、心に原因があるのです。
韋提希　心の問題だって、体の出来物は出来物だろう。軽くすることくらいはできるはずさ。
阿闍世　だめですよ、母上。
韋提希　どうしてだい？
阿闍世　ひと月前、激しい熱が出たと思ったら、顔といわずお腹といわず、体中に出来物が噴き出してきた。出来物はみるみる腫れて膿を持って、それが崩れてじくじくしているのです。臭いでしょう。
韋提希　なに、ちっとも、臭かないよ。
阿闍世　血が膿に変わるこの臭い、この体の症状はわたしが地獄に堕ちる前兆なのです。父殺しは重罪の中の重罪、五逆《ごぎゃく》の罪です。五逆を犯したものは阿鼻地獄に堕ちるといわれています。この苦しみはその前兆。わたしの血という血が膿に変わったとき、そのときがまさに地獄落ちのときなのです。

韋提希　怖いことをお言いでないよ。お父さんを亡くし、そのうえお前まで失うことになったら、わたしは誰を頼りに、どうやって生きていけばいいのさ。（泣き出す）

阿闍世　（泣く韋提希の背中を撫ぜながら）母上。わたしはどうして父上を殺してしまったのでしょう？　なんで、提婆達多の言葉を耳にしたとき、あのときあれほど激昂したのか。今は後悔の気持ちでいっぱいです。考えれば考えるほど、とんでもないことをしてしまったと思うのです。体の苦しみより、そのことが何倍も何十倍も痛いのです。

韋提希　いまはまず体を治すことが先決。悩んだり考えたりするのはそのあとにおしよ。それにしても憎いのは提婆達多。あの男こそ地獄に堕ちるがいい。

阿闍世　提婆が悪いんじゃない、悪いのは僕なのです。提婆をせめないで、母上。

11

耆婆と六師と阿闍世。登場人物　裁判官（真っ白な衣装。実は釈尊。ただし誰にも釈尊とわからない）。六師（黒い衣装。浮かれ女を演じた四人口ひげをつけている。加えて、頻婆沙羅を演じた男優、道化を演じた男優）、耆婆。

寝台が暗くなり、中央から上手(客席からみての右手)にかけて机が九つ(左に二つ　右に七つ)、一列ではなく扇形に置かれている（ここはなんとなく裁判風の仕立てに）。

黒い衣装をつけた七人が登場。女優たちに。

書記　これこれ、ここは女の来る場所ではない。

女優たち　無礼な、この口ひげが眼に入らないか、女にこんな立派な鬚がはえるか。

書記　失礼をしました。さきほど、舞台に出ていた方たちによく似ていらっしゃると思ったものですから。（女優たち、肩をそびやかして着席。全員の着席をみはからったように釈尊登場）

書記　ご起立ください。（全員立つ。釈尊が着席した後、七人が着席）

裁判官　今日、みなさんに急遽、集まっていただいたのは、先ごろの阿闍世の父殺し事件について、みなさんの考えをお聞きしたいと思ったからです。

阿闍世は父王・頻婆沙羅を殺した罪によって、来月七日に阿鼻地獄に堕ちることがきまったのです。（誰も一言も発しない）

罪状はこうです。どうぞ（書記に読むように促す）。

書記　「阿闍世。その性格は邪悪で、生き物を殺して喜び、口から出る言葉は嘘と嘘をつくろおうとするきれいごとばかり、平気で人の悪口をいい、二枚舌を使った。心の中は貪りと怒りと愚痴とでいっぱいであった。その行動は刹那的で、悪仲間とだけつるんでいた。ひたすら肌の快楽と舌の快楽を求め、人や生き物を苛んではその苦しむのをみて喜んだ。そして、提婆達多の唆しがあったとはいえ、ついに罪のない、それどころか仏道に帰依する父王・頻婆沙羅に対し非道にも暴力をふるうに至った。その暴力のせいで父王は死んだ。よってその罪により、阿鼻地獄に堕ちるものとする。」

裁判官　ご承知のとおり、阿鼻地獄に堕ちる罪は五種類ある。確認しておきましょう。どうぞ（書記を促す）。

書記　一つ、親を殺すこと。二つ、まことを求める修行者を殺すこと。三つ、まことを得て生死を超えた人、すなわち仏身を傷つけること。四つ、まことを求める者たちの集まりを壊すこと。五つ、まことそのものを誹謗すること。これら五つの罪を併せて五逆という。

裁判官　法に従えば、五逆の一つ、父を殺した阿闍世の阿鼻地獄堕ちは避けることはできない。この決定をくつがえすことはきわめてむずかしいということです。にもかかわらず、ゆえあって、阿闍世の行為に関して、阿闍世が阿鼻地獄に堕ちることに対して、わたしは、みなさんの率直な考えをお聞きしたいと思ったのです。

思想家1　ゆえあってと申された、そのゆえとは？

裁判官　今は申し上げられない。

やや沈黙

思想家1　ではわたしから。阿闍世殿は地獄落堕ちを恐れています。それゆえにこう申し上げました、かつて地獄を見てきた人がいるのですか、地獄などというものはわけしり顔の知識人の妄想の産物です。地獄は存在しません。ですから地獄堕ちを恐れ、悩む必要もないのです。

思想家2　わたしは次のように申し上げました。守らなければならない法に二種あります。一つはいっさいの殺生を禁じる出家者の法で、この法ではたとえ蚊を一匹殺しても罪に問われるのです。しかし阿闍世殿は出家ではない。もう一つは、王様という特殊な地位にある者だけに適用される法です。その王の法によれば、父殺しは大罪であっても罪はないのです。たとえてみれば昆虫が母親の腹を破って出てくるようなもの。お腹の中の子どもが母親の体を壊したからといってどうして罪に問われましょう。ですから父殺しはいわば自然の摂理なのです。

思想家3　わたしはこう申し上げたのです。人間は業縁すなわち過去の行為によって規定される存在である。父王・頻婆沙羅殿はその業縁によって殺される運命にあったのです。だとすればたまたま運命に手を貸しただけの阿闍世殿になんの罪咎がありましょう。したがって一人悩み苦しみ懺悔する必要はないのです。

思想家4　父王を殺害し王位を継いだ人たちは数え切れないくらい大勢います。名前を挙げれば過去にラマ王、バッダイ王、ビルシン王、ナゴシャ王、カタイカ王、ビシャキャ王、ガッコウ王、ニッコウ王、アイ王、ジタニン王。いま現在でもビルリ王、ウダナ王、アクショウ王、ソ王、レンゲ王がいます。しかしこれら誰一人として父殺しを後悔し、懺悔したという話は聞いたことはなく、また誰一人として地獄に堕ちたという話も聞いたことがありません。

思想家5　わたしはこう申し上げました。地獄の地とは命ということ、獄とは長いということ。すなわち人を殺すことによって人は寿命をながらえることができるのです。これが地獄なのです。ですから阿闍世殿、あなたが怖れるような地獄など存在しないのです。無益に悩んで、国政をおろそかになさらないように。

思想家6　わたしはこう申し上げた。国のため、人民のため、広く出家者やバラモンのため、阿闍世殿、あなたは父王を殺した。というのも大王・頻婆沙羅殿は、釈尊一人に帰依し、他の出家者やバラモンをないがしろにしていました。だからそのような大王を殺害したあなたの行為は正義なのです。

しばらく沈黙

裁判官　（耆婆に目をやり）あなたが残されました。あなたのご意見を伺いましょう。それとも六人の方々の考え方と同じですか。

耆婆　意見はあります。そして六人の先生方とは違います。

裁判官　六人の方々は、全員、阿闍世殿の父親殺しを正当なものあるいは必然、不可避な行為とみなし、無罪を主張された。また地獄堕ちを怖れる阿闍世殿に地獄は存在しないというふうに断言された。あなたは、そうした見解とは違うという。

耆婆　違います。阿闍世様が有罪か無罪かと問われれば、これまでの法に照らせば明らかに有罪でしょう。地獄がないという見解にも異論があります。だれが地獄がないといいきれる証拠をもっているのでしょうか。わたしは六人の先生方の主張には何かが欠けているように思えるのです。

裁判官 六師の弁論に欠けているものがあると。ではそれを申してみてください。

耆婆 はい。欠けているのは阿闍世様自身のいまのお気持ちへの配慮です。

阿闍世、耆婆の言葉が聞こえたのだろうか、寝台からむっくり体を起こし、耆婆の方をみる。

耆婆 第一に阿闍世様は地獄の存在を信じておられます。それなのに六先生の弁論はことごとく地獄の存在を否定するものでした。地獄の存在を否定し、阿闍世様の不安や恐怖が無意味であることを説かれた。それは見事な弁証でした。しかし、地獄はいったいあるのかないのか、浄土がいったいあるのかないのか、こういう話は阿闍世様の怯えには届かないでしょう。なぜなら阿闍世様にとって地獄は、阿闍世様自身にまつわる出来事だからです。

阿闍世 (耆婆の話に応答するように寝台を降り、立ち上がり) そうなんだよ、耆婆。わたしが灼熱に責められ、その結果体中にできた腫れ物の苦しみを地獄への前触れではないかと怯えているのは、わたしの体が火に焼かれ、剣で刺し貫かれるといった苦痛の無限の刑罰に投げ込まれることではない。いや、それも怖い。だいいち熱そうだし、痛そうだ。このあいだ見舞いにきた悪友二人にそういったら、即座に声をそろえて、こういいやがった。「熱そうとか痛そうとかでなくて実際に熱いし痛いんです。いや、熱いとか痛いどころではない。地獄はそれぞれの犯した罪の重大さによって八つにわかれています。阿鼻地獄はその八大地獄のなかでも最悪のものとして位置づけられています。ですからもっともっと凄い刑罰が待っているんです。お話しましょうか」だとさ。いっぱしのワルだと思っていたやつらが善人ぶってもっともらしい知識を振りかざして俺を脅かす。ワルの面汚し。ヤツらこそ、地獄に堕ちろ、だ。俺はどうしてこうつまらぬ奴らとばかり付き合っていたんだ。自分が情けなくなるばかりだ。（しばらく大げさに自分を嘆いて）

だけれどほんとうに怖いのは、体への刑罰ではない。わたしが真底恐れるのは、自分の存在の崩壊が本格的にはじまることなのだ。（耆婆には阿闍世の独り言は聞こえていない）

耆婆　阿闍世様が死よりも恐れているのは、阿闍世という人間が壊れ崩れてゆく、どこまで壊れどこまで崩れたら終わりが来るのか、否、決して終わりの来ないかもしれない崩壊、想像力さえ遠くおよばない崩壊です。

阿闍世　狂うことができたならどれほど幸せか。狂うほど苦しいのに、頭はそれに反比例して氷のように覚醒していく。

耆婆　いつまでもその自分の崩壊を自分が見つめ続けなくてはならない。それこそ地獄。

阿闍世　実体としての地獄であるなら、神通力さえあれば十分に逃れることができる。それなら提婆達多に頼めば足りる。神通力でもってわたしを篭絡し、わたしの知らない過去をもちきたってわたしに父殺しを唆したのは提婆達多なのだから、そのくらいの償いはしてもらってもいいと思っている。それに提婆達多にはその程度の力はある。だがほんとうの地獄は神通力などがまるで通用しない。浄土が人間の考えや想像力を超えたところ、つまり不思議という地平にあるように。

耆婆　もうひとつ六先生が無視された重要な問題があります。父上を殺害したことを心の底から後悔する気持ち、むずかしい言葉を使わしていただければ慚愧《ざんぎ》です。

裁判官　慚愧とな。

慚愧という言葉を聞いたとき六師は立ち上がり、静かに闇のなかに消えてゆく。

耆婆　わたしは阿闍世様のこの気持ちに尊いものを感じるのです。――慚愧あるを人という、慙愧なきを人と呼ばず。阿闍世様には慙愧の気持ちがあります。慙愧があるから、阿闍世様に地獄があるのです。地獄堕ちを自覚することは救いの契機です。これがわたしの師、釈尊の思想なのです。

裁判官も静かにいなくなる。阿闍世が耆婆に近づき、横に立つ。舞台は二人だけ

阿闍世　（耆婆の手を取り）ありがとう。（阿闍世、泣く。号泣）
耆婆　わたしといっしょにわたしの師である釈尊のもとへ参りましょう。
阿闍世　（うなづく）

12

阿闍世と耆婆（阿闍世、はじめて人を信頼し、甘える）

阿闍世　ところで耆婆ちゃん。
耆婆　耆婆ちゃん!?　なんです、急になれなれしくなって。
阿闍世　いけなかった？
耆婆　いいですけど、阿闍ちゃん。
阿闍世　阿闍ちゃん！　まあ、いいか。ところで耆婆ちゃん、我々はどうやって釈尊に会いに
　行くのです。
耆婆　象に乗って、です。
阿闍世　象って、あのお鼻の長い。
耆婆　象さん、象さん、の象です。（二人童心に帰って童謡「象さん」を歌いだす）
阿闍世　一人で乗るの？
耆婆　そうです。
阿闍世　ぞうっとしないな。
耆婆　そうですが。
阿闍世　ねえ、耆婆、二人乗りしてくれる？
耆婆　二人乗りですか。おまわりさんに見つかりますよ。

阿闍世　おまわりなんか怖くない。
耆婆　犬のおまわりさんですよ。
阿闍世　あのわんわん吠える、犬のおまわりさんか？
耆婆　わん。
阿闍世　わん？
耆婆　犬の言葉で、はい。
阿闍世　わん、わん、わわん。犬の言葉で、おまわりなんか怖くない。
耆婆　犬のおまわりさん、いうことをきかないぼくたちをみて、困るでしょうなあ。（二人、声を合わせて童謡を歌いながら、お遊戯。犬のおまわりさん、困ってしまって、わんわんわわん、わんわんわわん——たとえば仏映画「八人の女たち」の中の姉妹が歌いだすシーン）
耆婆　よろしい、二人乗りしましょう。
阿闍世　手をつないでくれるかな？
耆婆　手をつなぎましょう。
阿闍世　ぼくのからだを落ちないように支えてくれるかな？
耆婆　抱きかかえてあげますとも。

阿闍世　堕ちるときもいっしょ。耆婆、地獄に堕ちてもあなたとなら怖くない。あなたは徳のある方だ、堕ちずに戻ることができるでしょう。そのとき、堕ちてゆくボクを抱っこして助けてほしい。

耆婆　いいですとも。（二人、抱擁し、顔をあわせて笑う。）

　そのとき従者の一人近づいてきて耆婆に何事かをそっと告げる。耆婆の表情が一瞬にして深刻に引き締まる。

耆婆　（阿闍世に向かい）提婆達多が地獄に堕ちたという報せです。

阿闍世　提婆達多が地獄に堕ちた？（一瞬、衝撃に言葉もない）どうして？　堕ちるならわたしが先であるはずではないか。提婆よ、提婆よ、提婆達多！（叫ぶように呼びかける。そして耆婆に向かい合い）耆婆、わたしは釈尊のところには行けない、いや行かない。提婆達多を追う。提婆を追って地獄に堕ちる。それがせめてもの提婆への友情の証、というか償い……。

耆婆　阿闍世様、提婆達多はあなたに父殺しを唆した人間です。

阿闍世　耆婆、君までがそんなことをいうのか。提婆達多一人に罪を着せ、責任を負わせて、この阿闍世に生きろというのか。わたしは恥ずかしいことに自分の恐ればかりに捉われるあまり、友であり、兄弟である提婆のことを忘れていた。耆婆、あなたの言葉は、わたしの頑なな心のむすぼれをほどいてくれた。あなたとともに釈尊のもとにゆき、もういちど生まれ直したいと本心から願う気持ちになれた。これはほんとうだ。でも、キミに同行してもらって釈尊にお会いすると申したことは撤回しなければならない。いま、わかったのだ。わたしが提婆達多とともに地獄に行かなければならないことが。なぜなら提婆はわたしでもあるからだ。だからわたしも提婆と同じ運命を引き受けなければならない。

耆婆　阿闍世様。あなたの言葉にわたしは返す言葉をもたない。それどころかあなたはいま素晴らしく美しい。

阿闍世　この出来物だらけのわたしが？

耆婆　その悪臭の塊りのようなあなたが。（それから二人だまったまま抱擁しあう）

13

夜、阿闍世の寝台に、父・頻婆沙羅の霊、登場。

頻婆沙羅　息子よ、息子よ。
阿闍世　誰？　その声はもしや大王。
頻婆沙羅　そう父だ。
阿闍世　その父が、いまさら何を。わたしには話すことは何もない。
頻婆沙羅　阿闍世よ、確かにいまさら、だ。けれどおまえにはなくても、おれにはどうしてもいわなければならないことがあるのだ。おまえはどうして提婆達多に義理立てしてそんなに頑なになっているのだ。提婆は一闡提《いっせんだい》、極悪のなかの極悪。救いの余地のない悪人だ。
阿闍世　それがどうした？　提婆は俺の友だちだ。いや、兄弟だ。あいつは俺の唾を飲んだ。俺もあいつの唾を飲んだ。だからあいつと俺をわけるものはもはや何もない。提婆は俺だし、俺は提婆なのだ。やつが極悪のなかの極悪、一闡提なら、俺も地獄が棲みかであることが決定している極悪のなかの極悪。

頻婆沙羅　わかった。お前の友を見捨てたくない気持ちは尊い。しかし父の願いだ。どうか耆婆のいうことにしたがって欲しい。一日も早く釈尊に会って欲しい。おまえにわたしを殺すよう唆した提婆達多が憎くて、提婆など放っておけと言っているのではないぞ。だが提婆達多は釈尊を殺して天下をとろうとした。その罪はとてつもなく重い。

阿闍世　わたしは、大王、あなた殺して天下を取ろうとした。その罪は提婆達多に等しい。

頻婆沙羅　息子よ、恥ずかしいが、親としておまえに地獄に堕ちてほしくないのだ。頼む。はっきりいおう。おまえがわたしを殺す原因はわたし自身が作ったのだ。聞いて欲しい。ただ、韋提希に罪はない。

阿闍世よ、わたしは生まれる前のお前を三度殺している。

一度目は若い頃、鹿狩りに山へ行ったときのことだ。その日はあいにく獲物がなく、それに腹を立てたわたしはたまたま山中で出会った仙人を部下に命じて獲物のように狩り立て、殺させた。仙人は死ぬときにわたしにいった。「お前は何の罪もないわたしを無道にも怒りにまかせて部下に命じて、死に追いやった。来世においてわたしもまたきっとこのように怒りから部下に命じてお前を殺すはずである」。

二度目は、こんなふうだった。わたしと韋提希のあいだにはなかなか子どもが生まれなかった。占い師に聞くと、山中にひとりの仙人がいて三年を経ていのちが終わる、そしてわたしの子となって生まれかわるだろうと告げた。わたしはそれを待てずに家来をやって早く死んでわたしの子になって欲しいと頼んだ。仙人はわたしの申し出を拒んだ。怒ったわたしは、家来を送り込んで仙人を殺した。死ぬまえに仙人は部下に言った。「帰って王に告げるがいい。まだ三年の寿命のあるわたしを家来に命じて殺させた。わたしも王の子になったら同じように部下に命じて大王よ、おまえを殺すだろう」。こういい終わって仙人は死に、そしてすぐに韋提希の腹の中に宿った。

その子が胎内にいるとき、国中の占い師たちはみなこの子は生まれたらきっと父を殺すだろうと予言した。わたしたちは恐れて、悩んだ。だが悩んでいるうちにも、韋提希のお腹は大きくなってきた。ついにわたしたちはこの子の命をこの世に出すまいと決心したのだ。そして生まれてくるその子を殺そうとして高殿から産み落とした。だが、不思議なことに赤ん坊は指を一本折っただけであった。このような生まれ方をしたのが阿闍世、お前なのだ。指折れという意味で「婆羅留枝《ばらるし》」とも呼ばれた。阿闍世よ、これがお前が未生怨と呼ばれたことの由来だ。

この頻婆沙羅の霊の告白に重なるようにして、子どもたちの声

子どもたちの声　おとうさん、おかあさん、わたしたちを殺さないで。

女の子　おとうさん、アタシはあなたに従順でした。従順な「いい子」のアタシは、ある日、自分が死んでいることに気がついたのです。アタシ自身の意欲、アタシ自身の希望、アタシ自身の存在がどこにあるのかわからない。それからです、アタシが手首を切るようになったのは。

男の子　おかあさん、あなたはボクよりも、自分の世間体の方が大事だった。ボクをいつも人と比較し、劣等なボクを恥ずかしく感じるたびにあなたは深く溜息をついた。それからです、ボクがぐれて、家に寄りつかず、街をさまようようになったのは。

男の子たち　学校は生き地獄です。何が楽しくて毎日、学校にいくのでしょう。学校に行けば屑のような先生に屑のように扱われ、残酷な友だちとのあいだで心の殺し合いをしなくてはなりません。だからボクは学校に行くことをやめました。それなのに、おとうさん、おかあさん、アナタたちはボクに学校に行けという。それからです、ボクが引きこもるようになったのは。

女の子たち　おとうさん、おかあさん、アタシたちは、どこに安心と安定の場所を求めたらいいのでしょう。いったい何がよくてこの世に生きているのでしょう。教えてください、ただ漂うだけのアタシたちの生まれたことの意味を、アタシたちが死なずにいていい理由を。

現代の親たち　わたしたちはこの子どもたちの声を無視した。そうして子どもたちを悪魔の手に譲り渡してしまった。

舞台上手に親鸞登場し、息子善鸞との顛末を語る。

親鸞　念仏だけで往生できるという教えを信じる門徒たちに、我が子善鸞は思いがけないことを口にした。自分はある夜、父親鸞からひそかに浄土へ往生するための秘法を伝えられたといったのだ。当然、常陸の門徒のあいだに大混乱が生じた。門徒の代表たちがその真偽を尋ねに京に飛んできた。

あのときわたしは、念仏だけで浄土にいけるという教えを信じるか信じないかはみなさんの自由意志だ、わたしは法然さまから念仏だけで浄土への往生は十分だと教えられ、そのとおりだと信じた。だから法然のいうことが間違いでそれを信じたために地獄に堕ちてもいっこうにかまわない、だいたいどこにいようと地獄が自分のすみかであることは決まっているのだから。もしほかに浄土へ往生できる方法があると思うなら、比叡山や高野山にいけばほかに偉い学者さんがたくさんいるので、そちらに問い合わせてくれ、とつっぱねた。それは正しかったと今でも思っている。

　わたしがひっかかっているのは、あのとき怒りに任せて善鸞を勘当したことだ。親子の縁を切ったことである。なぜなら息子のやったことはあきらかに背任行為であり、浄土の真宗の教えを足蹴にし、門徒の方々を混乱に陥らせる行為であったからだ。

　しかし、親と子という目でみると、善鸞のやったことは、わたしという父への叛逆であり、わたしを殺そうとすることを目的としていた。いわば五逆の一つ、父殺しであった。このことからずっと目をそらしてきた。わたしはいったい息子にどんな接し方をしてきたのだろう。それが思い出せない。

頻婆沙羅　おまえにはいつも引け目を感じて自由に接することができなかった。

阿闍世　そういえばおとうさん、わたしはあなたに抱かれた記憶がない。

頻婆沙羅　赤ん坊であるおまえをさえ抱けなかったのだ。欲しくて欲しくてしようがなかった我が子を目の前にして抱けなかった。

阿闍世　ずっと他人行儀だったのは、殺したわたしが我が子として目の前にいるのを正視できなかったから。

頻婆沙羅　そうだ。赤ん坊のおまえにほっぺたをつけようとすると、おまえの顔にわたしが殺した仙人たちの顔が浮かび上がってくるのだ。あらためて自分のなしたことの罪に怯えた。それからわたしはわからなくなってしまったのだ、どうおまえに接していいかが。ただわたしにおまえを愛する資格のないことだけはわかった。だからおまえから話しかけてくれるときを、それがどんな底意をもっていようとうれしかった。

親鸞　わたしも善鸞を抱いた記憶がない。そしてどこか他人行儀に接してきた。わたしは自分のことだけでせいいっぱいだったのだ。善鸞が生まれ、どんな育ち方をしたのか、わたしが息子の成長にどうかかわったのか記憶にないのだ。これは子殺しではないのか。阿闍世殿の苦しみを知ったいま、善鸞の気持ちがわかる。わかるなどとは傲慢で、くちはばったいいい方だが、善鸞がわたしを殺したい気持ちが今ならわかる。

阿闍世　大王、おとうさん。ほんとうのあなたの気持ちがわかってうれしい。いまあなたへの怨みは消えました。幸せを感じる。

わたしにはあなたたちがいる。耆婆がいる。しかし地獄に堕ちた提婆達多にはそばに誰もいない。提婆のそばにいかなければならない。提婆が呼んでいる。提婆の呼ぶ声が聞こえる。行かなければならない、行かなければ。

頻婆沙羅　わかった、阿闍世よ。行くがよい。父は、おまえの慙愧の深さに頭を垂れることしかできそうもない。

阿闍世　ありがとう、それでこそ父上。さようなら。

阿闍世、夜分、ひっそり王舎城を離れ、地獄堕ちの日を待つために旅に出る。

14

母・韋提希の悲しみと絶望。泣き叫ぶ姿。

15

月愛三昧《がつあいざんまい》の場面。下手（の台の上）に釈尊が座っており、左右に二人ずつ四人の弟子たちが立つ。
双樹の下にあって、弟子と共に阿闍世の言動のすべてをみていたのだ。

釈尊　（弟子たちを見回し）みましたか。

弟子1　しっかりと。阿闍世殿は西へ向かい、どこか獣もおそれる山の中でひとり地獄からの呼び出しを静かに待つつもりなのですね。

釈尊　そのとおりだ。じゃが、阿闍世はキミのいうように西に向かっている。

弟子2　西に向かっています。西は浄土。

弟子3　でも光がみえているわけではない。

弟子4　無意識が救いを求めているのでしょう。

釈尊　どうであろう、諸君。わたしは阿闍世に手を差し伸べようと思うのだが。

弟子1　どうして阿闍世殿だけをお救いになろうと思うのですか。

釈尊　悔い改めの深さ、すなわち父殺しに対する慙愧の深さにおいて。そして友だちである提婆達多が地獄に堕ちたことを知ったときの阿闍世の苦悩だ。自分だけ助かりたいと一時でも願ったエゴイズムへの恥辱の思いと反省が地獄を引き受けていこうとする気持ちとなって表れた。それこそが真の救いを求める姿である。地獄の苦しみと永遠に訣別したいという思いの表れだからである。それこそわたしの仲間にあたいする。それに一人の阿闍世だけを救うのではない、一人の阿闍世はたくさんの阿闍世である。だから一人の阿闍世を救うことはたくさんの阿闍世を救うことなのだ。

弟子2　父を殺すという重罪の中の重罪、五逆を犯した大罪人でもですか。

釈尊　五逆を犯した大罪人だからこそ。

弟子3　では提婆達多は？

釈尊　むろんのこと。

弟子4　極悪のなかの極悪、一闡提《いっせんだい》なのに？

釈尊　極悪のなかの極悪、一闡提だからこそ。

弟子たち　わたしたちの心は今、無量の喜びにふるえています、釈尊。（弟子たち、釈尊を拝み、一礼する。）

釈尊　よろしい。ではこれから月愛三昧に入ろう。阿闍世のからだはすみやかに癒え、心は澄みわたり、生きていまここにあることの喜びを知るだろう。だが無条件ではない。わたしは阿闍世に最後の試練を与えた。阿闍世だからこその試練だ。いま阿闍世が進む西への行く手はやがてせばまり、一本の白い細い道の前に出るであろう。その道の南側は火炎渦まく火の川、北側は目のくらむような逆巻く濁流。阿闍世はこの道を進まなければならない。

弟子1　おお、それは二河白道《にがびゃくどう》。

弟子2　二つの底なしの川にはさまれた白い道。親指と小指をいっぱいに広げたよりもまだ細く狭い道。火の粉は道に激しく降りかかり、濁流のしぶきが行くものの頬を打つ。

弟子3　視界は悪く、足元しか見えない。少しでも心にひるむ気持ちが生まれれば体はバランスを崩し、左へよろければたちまち火炎に巻かれ火だるまになって焼き尽くされてあとかたもなくなる。

弟子4　右へよろければ一瞬にして体は逆巻く濁流に運ばれ、骨もろともに微塵にまで砕かれる。

16

舞台中央に阿闍世、上手に親鸞。

阿闍世　（立ち止まり独り言。）なんだ、これは？　行き止まりか？　いや、一本の細い道があるようだ。それにしてもすさまじいな。どうすればいい？

後方からの声　その道は危険だ、第一道じゃない。一歩でも進むと死ぬぞ。すぐに引き返せ。

南からの声　引き返さなくていい。白い道の手前に南に道が見えるだろう、その道は安全だ。だから南へと道をとるがいい。

北からの声　いや、そっちは危険だ。白い道の手前に北へ向かう道があるだろう、そちらのほうがもっともっと安全だ。北への道をとりなさい。

親鸞　阿闍世殿、いや善鸞よ。迷わず前へ、西へとすすみなさい。ひるんではいけない。所詮、自力では救われないのだから。必要なのは絶望の底での信。ひたすら阿弥陀様の称名を唱えること。南無阿弥陀仏。南無阿弥陀仏……

「たとい法然上人にすかされまいらせて、念仏して地獄におちたりとも、さらに後悔すべからずそうろう。そのゆえは、自余の行もはげみて仏に成るべかりける身が、念仏を申して地獄にもおちてそうらわばこそ、すかされたてまつりてという後悔もそうらわめ。いづれの行もおよびがたき身なれば、とても地獄は一定住みかぞかし」

阿闍世　(阿闍世に親鸞の声が聞こえたのだろうか) なぜおれは迷いそうになったのだろう。安全はおれの願いではないはずなのに。約束されているのは地獄。提婆が待っている。急がなくては。

西へと続く白い道へと踏み出す。阿闍世の口からいつの間にか念仏。阿闍世の進む先から「こっちだ、こっちだ」の声。後ろから「進め、進め」の声。それらの声が南無阿弥陀仏の称名に変わる。称名を頼りに決然とまなじりをあげる阿闍世。

細い道を渡りきる阿闍世。と同時に世界が一変し始める。美しい月の光が地上をあまねく照らしはじめる。光の柔らかな粒子が上から静かに降ってくる。たまゆら (葉についた細かな水滴) を通して月の光が降りてくる。

弟子たち　(いつの間にか舞台後方に左右一列になっている何人もの弟子たちが歓喜の声で口々に) 月愛三昧だ、月愛三昧だ。

この声広がる。そして称名に変わる。舞台に満ちる称名。ゆっくり暗くなる。そのなかで称名続く。やがて、静かになる。

17

美しい姿に戻った阿闍世。頻婆沙羅と韋提希と手をつなぎ中央へ。耆婆と提婆達多が手を携えて中央へ。女たちと道化が手を携えて中央へ。子どもたちと親たち、手を携えて中央へ。一人取り残される親鸞。やがて「父上」の声。「おう、善鸞か」。二人、目を見つめあい抱擁しあう。それから手を携えて中央へ。釈尊、一人中央へ。

終わり

参考文献および台詞等の典拠

○この戯曲執筆に際しては『涅槃経』『観無量寿経』および『教行信証』を主なテキストに、『和讃』『歎異抄』および手紙等、親鸞の残した言葉を可能なかぎり参照した。その他参考にしたものとしては次のものがある。

・今津芳文『阿闍世・親鸞――善悪の彼岸へ』（戯曲）
・藤秀璻《ふじしゅうすい》『阿闍世王』（戯曲）
・『浄土三部経』
・『往生要集』
・『原始仏典』
・横超慧日『涅槃経』『涅槃経と浄土教』、小川一乗『さとりとすくい』、鍋島直樹『アジャセ王の救い』、都路恵子『アジャセからの贈りもの』、倉田百三『出家とその弟子』、中勘助『提婆達多』、ソポクレス『オイディプス王』、『新約聖書』、芹沢俊介『親殺し』『若者はなぜ殺すのか』。

○以下の部分の台詞および場面の典拠を明示しておきたい。

①導入部―「実をいいますと、わたしもその昔、息子善鸞に殺されたのです。」および第二幕十三場「念仏だけで往生できるという教えを信じる門徒たちに、我が子善鸞は思いがけないことを口にした。自分はある夜、父親鸞からひそかに浄土へ往生するための秘法を伝えられたといったのだ。当然、常陸の門徒のあいだに大混乱が生じた。門徒の代表たちがその真偽を尋ねに京に飛んできた。……あのとき怒りに任せて善鸞を勘当したことだ。親子の縁を切ったことである。なぜなら息子のやったことはあきらかに背任行為であり、浄土の真宗の教えを足蹴にし、門徒の方々を混乱に陥らせる行為であったからだ。しかし、親と子という目でみると、善鸞のやったことは、わたしという父への叛逆であり、わたしを殺そうとすることを目的としていた。いわば五逆の一つ、父殺しであった。このことからずっと目をそらしてきた。」

――「また親鸞に虚言の罪をきせたことは、父を殺すものです。五逆のなかの一つであります」（親鸞「真蹟・古写消息」六　中公クラシックス『歎異抄・教行信証Ⅱ』）

②一幕二場　韋提希の台詞―「どうしてあんな子が生まれちまったんだろう。」「お従兄弟《いとこ》さんに提婆達多のような人がいらして、先生もわたし同様苦労なさいますね、って申し上げてみたの」。

《――ときに、韋提希、仏・釈尊を見たてまつり、みずから瓔珞を絶ち、挙身投地し、号泣して仏に向かいて、もうして釈尊にいう、「われ、むかし、なんの罪ありてか、この悪子を生める。釈尊もまた、なんの因縁ありてか、提婆達多とともに眷属たる」》（『観無量寿経』）

③一幕二場の韋提希の台詞――「『救いようのない人だな、あなたは』、だって。」
――釈尊の言葉《「凡夫韋提希……」》（『観無量寿経』）

④提婆達多の神通力と阿闍世の唾を飲む提婆達多の場面については――『涅槃経』および善導『観経疏』を参照した。

阿闍世の親殺しと現代の親殺しについて

芹沢俊介

阿闍世の父殺しの物語—産んだことの暴力性

芹沢でございます。よろしくお願いいたします。今日はせっかく「現代と親鸞の研究会」にお招きいただいたのですから、一つ、冷や汗をかきながらでも問題提起をさせていただきたいと思い、やってまいりました。問題提起と申しましたのは、『教行信証』「信巻」のなかで説かれている阿闍世の父殺しの物語です。この物語を考えながら僕なりに、最近、大変多い親殺しの問題を重ねてみたいと思ったのです。『教行信証』における阿闍世の親殺しだけなら、僕の解釈など専門家の方々の前で通用するはずもありません。しかし、現代の頻発する親殺し事件と重ねたときどう見えてくるか？　これならば、口を挟ましていただく余地のある問題かも知れないと考えたのです。

僕は、子どもの存在形式に関して、これまで「イノセンス」(innocence)という考え方を提出してきました。根源的に受動性であるゆえに子どもに〝責任がない〟という意味で使っています。その考え方から、「産んだことの暴力性」ということをずっと言ってきました。産んだことの暴力性というのは、子どもからすれば、生まれたことに自分の意志・選択がいっさい関与していないこと、生命や身体など遺伝子までひっくるめて強制的に贈与されてしまったという意味です。このような暴力は、産んだその子どもによって親が殺されることでちょうど見合う、チャラになるという見方を提示してきました。そのようなことを、イノセンスすなわち、自ら受けとめられないゆえに責任がないという考え方を基点に置いて、ずっと自分なりの展開をしてきましたし、これからも、もう少し進めていきたいと思っています。ですから、「親殺しは不可避であり、必然なのだ」というふうに、これまでも考えていました。その視点から、阿闍世の物語を読み直したらどうだろうかというようなことが、自分のなかでかなり強い想いになってきたわけです。

ところがその必然であるはずの親殺しが、これまで僕が生きてきた数十年という時間に限っても、事件というかたちでは、ほとんど起きてこなかった。しかし、ここにいたって、具体的に申しますと二〇〇四年十一月末以降、頻発してきている、という印象なのです。どうしてだろう？　何が主な動機となって事件は起きたのだろう？　まずこうした問いを発してみたいということが一つです（二〇〇四年十一月末以降に発生した親殺し事件の幾つかについて関心のある方は、芹沢俊介『親殺し』を参照ください。二〇〇八年十月、ＮＴＴ出版）。

そしてもう一つが、二千五百年前の『涅槃経』のなかに記された阿闍世の親殺し事件と、いま現在しきりに起きている親殺し事件との呼応性を尋ねたいという欲求です。

親鸞は、『教行信証』に『涅槃経』から、事件に関する記述を異様なくらいの関心をもって、ていねいに引用しています。お経のモチーフは明瞭です。親殺しという絶対的な悪（五逆）を犯した阿闍世がどのように救済されてゆくか、ということです。ですから、ていねいな引用にはそうした救済のプロセスをたどるという目的があったことは確かでしょう。しかし、それだけのことだったのでしょうか。

僕が気になったのは、なぜ阿闍世は父殺しにおよんでしまったのか、という点については、いっさい自分のコメントを差し挟んでいない点なのです。いったい親鸞は何を思いながら、引用を重ねていたのでしょう？

そこで、では、阿闍世の親殺し事件を、イノセンス——子どもには責任がない——という視点から、考察してみたら、何が見えてくるだろうか、こんなふうな、僕流の勝手な問題提起をさせていただこうと思います。

イノセンスの視点から阿闍世を考える

僕が『教行信証』の阿闍世の親殺し事件をめぐる引用のなかでもっとも戦慄的であったのは、「未生怨《みしょうおん》」という言葉です。これは同時に、はっきりとイノセンスという考え方で理解できると思いました。もう一つ、阿闍世の事件と深く関連している言葉があります。『教行信証』にはなくて、親鸞が『歎異抄』において語ったとされているもので、宿業とか業縁という言葉です。こちらもまたイノセンスという概念と深い類縁性があると考えられるのです。その箇所を意訳してみます。

《亡き親鸞聖人がおっしゃるには、「ウサギの毛、羊の毛先についた塵《ちり》ほどにわずかな、悪といえないような悪の行為でさえも、宿業が関与しなければ起こしえないものだ」、と。

その続きとして、あるとき「唯円よ、キミは、私のいうことを信じ、私に言われたとおりに実行するか」とお聞きになった。「無論です」、と答えますと、「ほんとうに、言われたことを実行するか」と再度、お尋ねになられた。きっぱりと「はい」、とお答えした。すると、こう言われた。「では、人を千人殺してみなさい、そうすれば浄土への往生、間違いないぞ」と。私は困惑してしまい、「お聖人のお言葉ですけれど、私の器量では千人どころか一人でも殺せそうにありません」とお答えした。するとお聖人はすかさず「では、なんでキミは私の言うことを無条件で実行するなどと答えた」と突っ込んでこられた。

お返事に窮して、黙り込んでしまった私に、お聖人は静かに諭された。「これでわかったであろう。あれほど強く誓っても実行できないのは、キミに器量がないからではない。また浄土への意欲（信心）が足りないからでもない。人間の行動を根底において決めているのが意志ではなくて、業縁だからなのだよ。キミが一人でさえ殺せないのは、そのような業縁がないからであって、業縁があるなら一人も殺したくないと思っても百人千人殺してしまうこともあるのだよ。宿業がもよおすかどうか、ここが人間の行動におけるポイントなのだよ」》（『歎異抄』第十三章　芹沢の意訳）

親鸞はこの箇所で、宿業と業縁とをほぼ同じニュアンスで使っています。

宿業とは、イノセンス概念からの理解では、図らずもその人の心身に埋め込まれてしまってある行動因（善悪の）ということになります。業縁という言葉には、その宿業が縁によって埋め込まれるものだという認識がこめられているように思えます。そこで、縁によって埋め込まれた宿業を業縁（宿業・縁）というふうに解釈してみました。

「未生怨」という言葉は、阿闍世が負った宿業のかたちということができます。生まれる以前に、父殺しという行動因を埋め込まれいやくしてた存在が未生怨です。ですから、いうまでもなく、この宿業は、阿闍世自身が作ったのではありません。宿業形成に誰かが関与したゆえに業縁なのです。

では、誰が関与したのでしょうか。誰が、このような親殺しという行動因を阿闍世という存在に埋め込んだのでしょうか。

そして、このような未生怨という業縁をかかえた存在、阿闍世という「業縁存在」が、どんなふうに自分の生を展開するのか。この業縁存在である阿闍世がどのようにして父を殺していくのか、という話を阿闍世の物語から読み取ることができます。

親殺しには子殺しが先行している

まず、親殺しというのは、その前にまず子殺しが先行しているという考え方が提起できるのではないかと思います。それは、阿闍世の物語からはっきりと掴み出すことができます。つまり、先行した子殺しが因となって、その殺害された子どもが殺害した親を殺害するという連鎖になっているのではないか、仏典における阿闍世の物語というのは、そういうふうに読むことができるのではないかというのが、まず出発点になります。つまり、親によって「未生怨」という宿業を埋め込まれた阿闍世が、その宿業のもよおしによって親殺しにおよんだという理解です。

そこで、そのことを石田瑞磨さんの『教行信証』（中公クラシックス『親鸞』）から引き出してみたいと思います。親鸞が『涅槃経』を引用した箇所（『教行信証』「信巻」）ですが、このように書かれています。

その時、王舎城に阿闍世王という王がいた。その性質はきわめて凶悪で、殺戮《さつりく》を好み、口には四つの悪をそなえ、心には貪りと怒りと愚痴とをそなえて、その心ははげしく燃えさかっていた。中略　ところが、腹心のものにそそのかされ、この世の五欲にとらわれたから、罪もないのに、父の王を非道にも殺害した。そして父を殺害したことによって、心に悔悟の思いを生じ、それが熱となった。（中略）悔悟の思いが熱を生じたため、身体じゅうに、瘡ができ、その瘡は臭くきたなく、とても近よれたものではなかった。そこで、王はみずから心にこう思った。「わたしはいまこの身に前世の報いとしてすでに王位をえた。しかし地獄の来世の報いが近づくのもそう遠くはなかろう」と。そのとき、母の韋提希がさまざまな薬をもちいて、これを癒そうと塗ったけれども、瘡は増えるばかりで、減るようすはない。王は母の后に「このような瘡は心から生じているもので、身体から起こってきているのではありません。もし、直せる人がいるとしても、そんなはずはないでしょう」と申しあげた。

このような引用から始まっています。ここに「罪もないのに、父の王を非道にも殺害した」というふうに書かれているのですが、読んでいくと、とても父の王に罪がないというふうには読めないのです。逆に、阿闍世は罪もない父を殺したのではないということが、読んでいくうちにわかります。また理由もなく、「その性質はきわめて凶悪で、殺戮を好み、口には四つの悪をそなえ、心には貪りと怒りと愚痴とをそなえて、その心ははげしく燃えさかっていた」と書かれている。しかし、理由もなくこういう状況に至ったのではないということです。そのことが宿業とか業縁という視点を入れるとおのずから見えてきます。

生まれる以前に三度殺された阿闍世

少し具体的に申しますと、阿闍世は生まれる前に二度、生まれるときに一度、両親によって殺されています。まず、生まれる前に二度殺されることについてお話します。一度目は、父親の頻婆沙羅《びんばしゃら》が若いころ、鹿狩りに行きます。しかしその日は、あいにく獲物がない。それに腹を立てた頻婆沙羅は、たまたま山中で出会った仙人を獲物のように追い立てて、部下に命じて殺してしまうのです。仙人は死ぬときに「わたしは実際、なんの罪もないのに、お前は心と口で無道にもわたしを死に追いやった。わたしは来世にはきっとこのように、また心と口でお前を殺すはずだ」と言います。ここにいう「心」とは獲物がなかったことの腹立ちであり、「口」とは実際に手を下さなかったけれど、部下に命じてという意味です。つまり、仙人は殺されるとき、来世においてお前が殺したわたし（阿闍世ということですが）に殺されるぞという一つの予言をして死んでいったのです。一回目はこういうかたちで、阿闍世は生まれる前に殺されています。

それから、もう一回生まれる前に殺されます。父親の頻婆沙羅と母親の韋提希の間には、長らく子どもが授からなかった。なかなか子どもが生まれなかったために、占い師に訊《たず》ねます。すると占い師は、山中に一人の仙人がいる。その仙人は三年後に命を終えるだろう。そして死んだその仙人が、韋提希のお腹の中に入り、王（頻婆沙羅）の子となって生まれ変わるであろうと告げます。ところが王も王妃（韋提希）も、その三年が待てずに、部下を使いにやって早く死んでくれと頼む。仙人は「うん」といわない。腹を立てた王は部下に命じ、仙人を殺してしまうのです。前にやったことを繰り返したのです。その仙人は、怨み、呪いながら今度は生まれかわってお前を心と口で殺すだろうといって死んでいったと言われています。これは、

『教行信証』のなかの非常に迫力のある親鸞の引用として「未生怨」（未だ生まれざるうちの怨み）という言葉となって出てきます。このように、阿闍世は生まれる前にこのようなかたちで二度殺されているのです。そして仙人は韋提希のお腹の中に胎児として転生します。この胎児が阿闍世です。

そして生まれるとき、もう一度、こんどはほんとうに殺されそうになります。阿闍世が韋提希の胎内にいるときに、国中の占い師が「この子は生まれると、きっとその父を殺すにちがいない」というふうに予言します。王と王妃はそのことを恐れて、高殿からこの子（阿闍世）を産み落としたのです。ところが阿闍世は、指を一本折っただけで死なななかったというのです。そういう話が書かれています。それで、阿闍世は指を一本折ったということで「指折れ」という意味から、「婆羅留枝《ばらるし》」というふうにも呼ばれたと言われています。

このあたりは、ソポクレスの作であるギリシア悲劇のオイディプス（oidipous）王の物語に非常に似ています（藤沢令夫訳　岩波文庫）。そっくりといってもいいくらいです。オイディプス王は、生まれてすぐ足の両踝《くるぶし》を留め金で貫かれてしまい、その跡が残って足が腫《は》れているということで、「腫れ足」を意味する「オイディプス」という名前がつく。

オイディプスの物語は、テバイ王ライオスという父親が「この子が生まれたならば、父親を殺して母親と通じるだろう」という予言（神託）を受けるわけです。ただし、その予言（神託）の背景について、なぜそうなるのかということについては、オイディプスの物語では少しも触れていません。背景――業縁――に触れたのが実は、阿闍世の物語といっていいのではないかと思います。阿闍世は生まれる前に二度殺されているということ、それから、これは殺人未遂ですけれども、生まれるときに高殿から産み落とされるというかたちで殺されているのです。そういう意味で、生まれる前（未生以前）の阿闍世殺しに父親は三度、母親も二度関わっているのです。このようにして生まれてきた阿闍世は、素直に、健やかに育つはずがないだろう、「その性質はきわめて凶悪で」という事態は必然であろうというのが、そこから当然出されてくる結論です。

生命や身体や性など何一つ選ぶことなく強制的に贈与された、このような徹底的な受け身のあり方をイノセンス（根源的受動性）と名づけたことはさきほど申しました。阿闍世の場合、そうしたイノセンスだけでなく、加えて生まれる前に両親に三度も殺されるという重い負荷がかかっているのです。こうした状態を、付加されたイノセンスと呼びます。したがって阿闍世が生きようとする限り、二つのイノセンスを表出せざるを得ないのです。だとすれば、冒頭で申しましたように、親殺しは必然なのだ、不可避なのだということ、そして、その親殺しには子殺しが先行しているのだ、というふうに僕は言ってみたい。つまり、親殺しというのは子殺しが先行しているのだ、というようなことがどうも言えそうな気がするのです。阿闍世という存在が受けた子殺しという恐るべき打撃＝傷を、おそらく親鸞は宿業とか業縁という言葉で呼ぼうとしたのだと思うのです。

間もなく『宮崎勤を探して』という本が出版されます（二〇〇六年十一月三十日に雲母書房から発行された）が、僕は、その本を書きながら宅間守（二〇〇一年六月の池田小学校児童殺傷事件）や小林薫（二〇〇四年十一月の奈良女児誘拐殺人事件）のこともいっしょに考えていました。この三人に共通するのは、家族を、親を否認しているということです。共に親に対して、「親なんかじゃない」というふうに否認しています。これは親殺しです。実際に殺していませんから、存在論的な親殺しとでも名づけられる事態です。しかし、これには子殺しが先行していた。イノセンスの受けとめ手であるはずの親に受けとめられず、かえって子殺しというかたちでのイノセンスを付加されたのです。『創』（創出版）という月刊雑誌が、丁寧に宮崎勤や小林薫の手記を載せていますので、そういうものを読んでいくと、まず子殺しが先行しているということがわかります。イノセンスにさらに子殺しという負荷がかかっているのです。彼らは直接、父殺しはやっていませんが、他人を殺しています。その根っこには死刑願望が働いていて、突き詰めていけば、やはり父親に対する報復というか、父殺しなのだという理解もまた可能になるのではないかと思っています。

イノセンスの表出を促す人とその受けとめ手

話を元に戻しますと、阿闍世の物語の特異性といいますか、お経がすごいと思わせられたのは、二人の人物を用意しているところです。一人は「提婆達多《だいばだった》」という男で、阿闍世に、〝父親を亡きものにして権力を取れ〟と唆《そそのか》すのです。この唆しに、阿闍世は乗ったということになります。一方、これはお医者さんということになっていますが、「耆婆《ぎば》」という存在が提婆達多と対照的な位置に現れます。阿闍世が父を殺してしまった後、自分が犯してしまったことを非常に悩んで、後悔（慙愧《ざんぎ》）して、身体じゅうに瘡がいっぱい噴き出る。それにともない阿鼻地獄堕ちの恐怖に苛まれる。これに対して、いろいろな人が相談に乗ろうとする。けれども、耆婆以外の人たち（月称《がっしょう》、蔵徳《ぞうとく》、実徳《じっとく》、悉知義《しっちぎ》、吉徳《きっとく》、無所畏《むしょい》の、いわゆる六師外道《ろくしげどう》に連なる大臣たち）は、阿闍世の慚愧の気持ちを真正面から受けとめるということをしません。

六師（六人の思想家）とは阿闍世にとってどんな存在だったのでしょうか。地獄はない、なぜなら誰も見たことがないからと主張する点で実体論者であり、親殺しは王権をめぐる確執においてはよくあることで、それほど重大視することはないし、悩むべきほどのことではないと主張する点で現実主義者ということになります。しかし親殺しを深く慚愧する阿闍世、地獄堕ちを激しく怯える阿闍世という存在のありのままは、無視されてしまったのです。

親殺しを深く慚愧《ざんぎ》する阿闍世、地獄堕ちを激しく怯える阿闍世、そのような阿闍世のイノセンスの表出を真正面から受けとめようとしたのが耆婆なのです。耆婆を信頼し、耆婆が帰依する釈尊へと導かれていくのは必然だったと言えましょう。

自己受けとめという救済

では耆婆だけが阿闍世を救済へと導いたのでしょうか。僕は、そうは思えないのです。

阿闍世は「その性質きわめて凶悪で、殺戮を好み」と涅槃経のなかで指摘されています。ということは父殺しの前にも、何人もの人たちを殺しているということが推測できるのです。それなのに、殺害後に後悔（慙愧）の気持ちが起きていない。父を殺した後、はじめて慙愧が生じている。その慙愧を耆婆が真正面から受けとめた。

ということは、阿闍世の救済は、すでに父殺しという宿業の表出――イノセンスの表出――からはじまっていたのではないか。もちろん、ここで救済とは何を指すか、何をもって救済とするか、という問いが不可欠でしょう。僕は、救済を阿闍世自身の自己受けとめというところに置いて考えています。この自己受けとめを親鸞は『歎異抄』第二章において「地獄は一定すみかぞかし」という言葉で表したのです。ここには涅槃経の阿闍世の慙愧の行方が凝視されていると思うのです。

さて、僕のおしゃべりが始まる前に、この「現代と親鸞の研究会」の主催者である親鸞仏教センターの研究員の方たちのレポートをお聞きしました。そこでこう語られたのでした。「親鸞は、浄土を実体的に捉えず、執着する自己を破るはたらき、ありのままの自己に目覚めるはたらきとして『浄土』を見いだしました。換言すれば、どのような自分であろうとも、いま、ここにある自分を受け入れて生きていくことが救いであったのです」

正直、驚きました。浄土の意味、ひいては他力ということの意味がここまで突き詰められているのか、凄いな、という思いです。それと同時に、僕自身がヨチヨチ歩きで展開してきたイノセンスの考え方と同一地点が目指されていることに気づいたのです。そこで僕なりの意見を差し挟ませていただきたい。

「いま、ここにある自分を受け入れ」るという表現と僕のいう自己受けとめをほぼ同じ内容であるとみなすことができるなら、自己受けとめに至るには、絶対的な条件があります。自己受けとめは、イノセンスすなわち受けとめ切れない現実の表出を受けとめてもらったという受けとめられ体験がなければ不可能だということです。受けとめ手がいて、その受けとめ手にイノセンスの表出を受けとめられたという体験を不可欠とするのです。（この議論の詳細に関心がある方は芹沢俊介『もういちど親子になりたい』主婦の友社、二〇〇八年を参照してください）

イノセンスの表出という角度から見るとき、阿闍世の自己受けとめへの道は少なくとも二段階になっていることがわかります。

第一に、阿闍世自身が埋め込まれた宿業を抜き取ることです。それにはその宿業がもよおすこと（イノセンスの表出）が必要です。表出されたイノセンスは受けとめられなければなりません。この第一段階のイノセンスの表出の決定的な部分をなしているのが親殺しです。親を殺すというかたちでの表出は、当の父頻婆沙羅によって受けとめられたのです。頻婆沙羅は受けとめ手になったから殺されたのです。

提婆達多と耆婆

ここで重要なことが指摘できます。それは親殺しを唆した存在がいたということ。そのような決定的なイノセンスの表出を促した存在がいたということです。阿闍世のうちに宿業がもよおすのを助けた存在がいたというふうに言い換えてもいいでしょう。それが提婆達多です。

提婆達多は非常に大きな役割を果たしていて、彼は「父を殺せ」と唆すのですが、これは、イノセンスの表出を促していく力なのだと位置づけることができます。親鸞は和讃のなかで、阿闍世の物語のすべてがお釈迦さまの演出だというふうに言っていますね（「浄土和讃」には「弥陀《みだ》釈迦《しゃか》方便《ほうべん》して　阿難《あなん》目連《もくれん》富楼那《ふるな》韋提《いだい》　達多《だった》闍王《しゃおう》頻婆娑羅《びんばしゃら》　耆婆《ぎば》月光《げっこう》行雨《ぎょうう》等《とう》」とある。『真宗聖典』、東本願寺出版部、四八五頁参照）。要するに、提婆達多は、そのイノセンスの表出を促す人として、非常に優れたはたらきをしたのだ、というふうに見ることができます。そして、その表出を受けとめていく受けとめ手として耆婆が登場しています。このことによって、初めて阿闍世は釈尊に、心を開いていくのです。

ここにイノセンスの表出の第二段階が現れています。父殺しを行った阿闍世に慚愧の気持ちが生じたということ、それにともなって地獄堕ちの恐怖が現れたということ。これがイノセンス——阿闍世にとって自己受けとめ不能な現実です。だから表出せざるをえない。阿闍世にこのようなイノセンスの状態をもたらしたのは父殺しです。ではだれがこの表出を受けとめたか。あるがままの阿闍世の受けとめ手になったのは誰か。それが耆婆なのです。耆婆は「よきかな、よきかな」と賞賛し、「慚愧あるを人といい、慚愧なきを人といわず」というふうに受けとめたのです。

耆婆が受けとめ、阿闍世は耆婆という受けとめ手を得たことによって、自己を回復する道へと歩んでいく。耆婆によって釈尊へと導かれていく。

受けとめられたから、さきほどの親鸞仏教センター研究員の方のレポートの言葉で言えば、「いま、ここにある自分を受け入れて生きていく」という「自己受けとめ」が可能になったと言えるのではないか。この自己受けとめを、僕は「肯定」という言葉を使っています。自己肯定というのは、自分をあるがままに受けとめるということであって、自己正当化ということではありません。そういう意味で、父殺しは不可避であったと言えます。つまり、父殺しの因は、他ならぬ父親や母親によって生まれる前から埋め込まれていたのです。この埋め込まれたものは、表出せざるを得ないのです。なぜなら、表出しなければ自ら受けとめることができないからです。このイノセンス＝宿業は、表出して、その表出したものが受けとめられるということをとおしてしか解体できないというのが、イノセンスの考え方の基本構造です。

そして、『観無量寿経』及び『涅槃経』を引いた『教行信証』をベースにしながら、阿闍世の物語を、僕のイノセンスの考え方のなかに落とし込んでみました。すると、そこから次のような問題が見えてきたように思えます。つまり、善悪――倫理なら倫理でいいのですけれども、慚愧をとおして倫理へという道でいいと思いますが――が発生していく根っこの部分に子殺しがあって、その子殺しを因にして父殺しが行われるというダイナミズムがある、抽象的に言えば「殺《さつ》」という問題がある。ここに触れずに「自己受けとめ」という倫理に行きつくことはできないのではないか、そのようなことが見えてくるような気がするのです。

＊この稿は、二〇〇六年十一月二十九日、浄土真宗大谷派・親鸞仏教センター主催の「現代と親鸞の研究会」において発表され、翌二〇〇七年十二月に発行された「現代と親鸞」第十三号に掲載された。本書への収録を快諾してくださった親鸞仏教センターの方々に感謝いたします。なお収録するにあたっては、原型を保存しつつ全体に大幅な加筆を施したことをお断りしておきます。

鼎談　悪をめぐって

出席者　芹沢俊介
今津芳文（浄土真宗本願寺派、広島・明福寺住職）
武田定光（真宗大谷派、東京・因速寺住職）

親鸞の場所から現代と二五〇〇年前を往還できないかというように考えてみたのです

芹沢　一昨年の暮れ、『涅槃経』に描かれた「王舎城の悲劇」、阿闍世の父親・頻婆沙羅殺害事件をテーマに戯曲『阿闍世王』を書き上げました。その『阿闍世王』を小さな本にまとめたい、というぼくの意向を汲んでくださった今津芳文さんが、戯曲だけでは本としては弱い、せっかくだから、もう少し広がりのあるものにしたらどうか、ということで、この鼎談を提案してくださったのです。

ですから今日はまずその戯曲『阿闍世王』をめぐっての感想をお二方からいただいて、そこを糸口に本題である悪について、議論を深めていけたらと思います。

その前に、お二人の簡単な紹介をしておきます。武田定光さんは真宗大谷派、東京の因速寺のご住職、今津芳文さんは浄土真宗本願寺派、広島の明福寺のご住職です。属する教団の違うお二人が共に語り合う、ということは珍しいことではないかと思います。実は鼎談に『新しい親鸞』の著者である武田さんの出席をお願いできないかという話は今津さんから出されました。武田さんにお話したら二つ返事で快諾してくださった、それればかりか今日は場所までお寺を提供していただきました。

ちなみに武田、今津ご両所とはどちらも十五年来の知己であることは一言、必要かもしれませんね。

さて、二〇〇七年の秋ごろだったでしょうか、今津さんから、この戯曲を書くきっかけをいただいたのです。「王舎城の悲劇」を本格的な舞台に上げたいというのです。親鸞聖人七百五十回大遠忌をどう迎えるかという、その企画の一つだということでした。ところがぼくは劇を観るのは好きな方だとは思うけれど、戯曲に手を染めたことは一度もなかったのです。

今津　長いお付き合いのなかで、芹沢さんがこの物語自体に興味をもっておられることは知っていました。それでお願いしてみようかなと。『現代〈子ども〉暴力論』以来、芹沢さんのイノセンスの表出と受けとめ、解体という論理と、「阿闍世」の物語とは、ぼくにとってはリンクしている。阿闍世の親殺しは、イノセンスすなわち受けとめ切れない負荷を親自身に負わされた阿闍世の、その負荷の表出であるという理解をとると、とても納得がいく。それで芹沢さんとご相談しながら書いてもらおうと思ったわけです。

芹沢　今津さんの依頼の趣旨は、阿闍世の親殺し事件を現代の親子関係に重ねられないだろうかというものでした。戯曲ははじめてでも、それならばできるかもしれない。戯曲としては十分にできてなくても、他の方が台本に仕上げるときの参考にしてもらえるかもしれない。ただ構想を練り始めてわかったことは、二五〇〇年前と現代とを単に響き合わせるということは、かなり難しいということです。そこで親鸞にそのつなぎ目に立ってもらったらどうか、と考えたのです。「王舎城の悲劇」は『涅槃経』に書かれているわけですけれども、その『涅槃経』に導いてくれたのは親鸞の『教行信証』でした。だとすれば二五〇〇年前と現代のつなぎ目に親鸞に立ってもらう。その親鸞の場所から現代と二五〇〇年前を往還できないかというように考えてみたのです。

「王舎城の悲劇」を構成する人物というのは、阿闍世と、父頻婆娑羅、母韋提希の親子。阿闍世に親殺しをそそのかす提婆達多と親殺しを犯してしまった阿闍世の苦境を受けとめていく耆婆。それに罪を犯した阿闍世に救いの手を伸べる六師、そして釈尊がからんでくる。そのような人間関係をもう少しドラマ風に構成できないかという気持ちがありました。縦の関係である親子関係。横の関係として阿闍世と耆婆と提婆を並列に置く。つまり阿闍世を軸に左右に提婆と耆婆を置いてみた。うまくいったかどうかは別として、阿闍世のもつ光の部分として耆婆、陰の部分というか闇の部分として提婆というような配置をしてみたとき、それぞれひと組ずつ阿闍世と提婆、阿闍世と耆婆、提婆と耆婆といった関係に加えて、なおかつ三すくみの関係みたいなものが見えてくる、そういう置き方をしてもいいのではないか。

今津　阿闍世と提婆達多と耆婆、友情の三すくみ的な構成は、物語に即しているだけでなく、芹沢さんのお考えを通して、この物語が一般の方々にも伝わりやすくなればというぼくらの気持ちにとっても、すぐれた捉え方だと思いましたね。

芹沢　もう少し続けさせてもらいますと、親鸞に間に立ってもらおうと思ったときに、親鸞と善鸞の親子関係というものが少し気になってくる。善鸞があるとき、「おやじから浄土に往ける秘法を教わった」というようなことを言って、関東の教団の人たちを混乱に陥れるというようなことがあった。それに対して善鸞へ送った親鸞の手紙が残っている。善鸞が自分に対してやったこと、念仏以外に浄土に往く方法をおまえだけにひそかに教えてなどという虚言でもって関東の念仏者たちに不信感を与えたことというのは、親殺しだ、五逆だ、地獄へ堕ちるしかないんだという手紙を親鸞が書いている。明らかに王舎城の悲劇が親鸞の念頭にあったのかなと思えた。

そして現代の親殺し事件です。ぼくが気にし始めたのは二〇〇四年一一月に茨城県の水戸と土浦で同じ日に起きた二つの両親殺し事件からです。これは今後きっと増えるに違いないという予感があった。そのときにハッと自分の中に浮かんだのは阿闍世王の物語なんです。『教行信証』を通して知っていた、未生怨である阿闍世王の二五〇〇年前の事件をもう一度自分のなかで整理して考えてみなければいけないという気持ちに迫られた。そんなところにお話をいただいたのです。二〇〇八年の暮れに第一稿を書き上げました。まあ、結果は、上演台本の原作ということになったのですが。

王舎城はまさに現代なのだ

今津　上演台本か原作か、ということとかかわりなく、七五〇年前の親鸞の視点から、摩伽陀国と現代の両方を見る。芹沢さんの視点が新たなスタートみたいな気もするわけです。武田さんも『新しい親鸞』で、親鸞というのは目的ではなくて、そこをスタートとして考えていかなければならない、というようなことを書いておられたと思うんです。ところが浄土真宗ではただお手本、目的みたいなことになりがちなんです。親鸞の言ったこと考えたことのダイナミズムを、スタートとしてわれわれも歩んで行かなければならない。その意味でも親鸞の視点からというのは重要ですね。

武田　この原作を読ませていただいて感じたことですが、まず冒頭に、親鸞が語り部のように登場してストーリーが展開していきます。これが斬新で、非常に意外な感じがして面白かったです。その次に現代の事件が水戸事件からずっと述べられてくる。その過程を通して、二五〇〇年前の王舎城の事件がまさに現代のことなんだと訴えかけてくるのに驚きを感じました。どうしても、読む側に、これがお経だという固定観念があって、二五〇〇年という時間が精神的距離感をつくってしまうんですね。でもこのように事件が淡々とデータとして羅列されてみると、王舎城はまさに現代なのだと読む側に迫ってきました。

そしてこれは先ほど芹沢さんがおっしゃったように、「親鸞と善鸞」と「頻婆沙羅王と阿闍世王子」の「親殺し」が二重にリンクしてくる。こういう見方も今まで聞いたことがなかったのでとても新鮮に感じました。

ただ親鸞と善鸞の親子関係が、実際どうだったのかはわからないところが多いですね。親鸞は八四歳で息子の善鸞を義絶するのですが、数年後には許しているという説もあります。また王舎城の事件について親鸞は主著である『教行信証』に書いていますが、あれはすべてお経からの引用であって、親鸞自身の受け取り方は書いていません。だから親鸞がどの程度王舎城の事件に自分の内面をすり寄せていったのかは見えないところです。けれども現代のわれわれの視点から見ると、それが人間の自立に関する「親殺し」のテーマとして示唆的に見えてくるということだと思います。

これは戯曲のタッチについてですが、シリアスな部分とコメディの部分が入っていて、読んでいる側がグーッとひきつけられるかと思うと、緊張がほどけてスーッと流されていく部分とがあって、芝居として面白いものになるのではないかと予感しました。

韋提希をどこにでもいるただの母親、いわば凡夫韋提希として取り出す

芹沢　もう一言ぼくの方からお話させてもらって、さらにご意見を伺いたいと思います。

一幕に入ったところで、ぼくは母韋提希を登場させたのですが、その韋提希のイメージを「観無量寿経」からいただいた。親子関係を縦軸にして劇を作るならば、ここから入るしかないと思ったのです。観経から見えてくる韋提希というのは、わりとノンシャランというか自分がしたことに対して全く内省なく、「わが子に困らされてひどい目にあっている自分」というように、釈尊に訴えている。そういうふうに韋提希のイメージを作っていった。なおかつ韋提希と頻婆沙羅の、仲がいいけれども本質的なところで微妙にすれ違っている夫婦関係を描き出すことで、第一幕をスタートさせました。

でも『教行信証』を念頭において考えた場合は、阿闍世の親殺しに呼応しているのは、承元の法難という視点もあるのではないか、という感じがするんです。興福寺の僧侶たちが、人気絶頂の法然の念仏を唯一とする信仰に対し、時の天皇はじめ権力者たちに讒訴《ざんそ》した。その結果法然の門下の四人が死罪になり、法然および親鸞、他の人たちは流罪になった、これが承元の法難です。このことをめぐって親鸞は『教行信証』のあとがきで、こういうでたらめが行われるのは、今の宗教者や天皇をはじめとする権力者がどうしようもなく腐敗しているからだ、ということを怒りを込めて書いているわけです。

承元の法難と、『涅槃経』から阿闍世の親殺しを『教行信証』に執拗に引いていることとの呼応性みたいなものが感じられなくはない。だからことによったら、浄土真宗という立場からすれば承元の法難からこの戯曲の一歩を踏み出す形の方が、オーソドックスなのかなという感じはもちました。でもそれは自分の中では納得がいかないんです。とくに親子の葛藤を軸にしたというところでいくと、韋提希をどこにでもいるただの母親、いわば凡夫韋提希として取り出す。とはいえ、この韋提希のとらえ方に対しては、結構抵抗があるのではないかという気がしないでもないんです、韋提希をいい母親としてみようとする傾向がなきにしもあらず、ですから。

今津　経典にでてくる人たちは、ある意味でみんな立派なといえば立派になっちゃうじゃないですか、一面から見れば。韋提希を含め出てくる人たちは、言ってしまえば役割を演じている。でも菩薩の生まれ変わりみたいな意味で、頻婆沙羅も仏法者じゃないかみたいなことを言い出したら、全部いい人になってしまう。それじゃあ何を伝えたいかのかわからないということになってしまう。やっぱり凡夫の代表というのが、ぼくは納得のいく捉え方じゃないかと思いますけれども。

武田　韋提希をどう見るかについて、中国唐代の学僧たちは、「大権《だいごん》の聖者《しょうじゃ》」と考えるのが主流だったようです。つまり「大乗仏教をひとびとにわかりやすく伝えるための聖なる演じ手」という意味で、結局、もともと韋提希は菩薩なんだけれども、愚かな人びとにわかりやすくするために王舎城の悲劇を演じてみせたのだという解釈です。しかし同時代の善導は韋提希を「実業《じつごう》の凡夫」といっています。もともと人間は本質的に愚かなものであるという認識です。ですから余裕をもって悲劇を演じているのではなく、もともと人間存在は悲劇的だと受けとめています。親鸞もそういう受けとめだと思います。要するに「普通の人」ということですね。そういうふうに読んでいかないと、大乗仏教ではなくなってしまいます。特殊な偉い人、善人が余裕をもって演じているのではなく、どこにでもいるような人がまさに悲劇を通して仏法に出会っていくところに面白さがあると思います。

芹沢　観経の中に「凡夫韋提希」というふうに釈尊が言うところがありますでしょう。つまり、「どうしようもない、救いようがないよね」というニュアンスですね、ここでの凡夫は。韋提希が釈尊に対して「あなたのいとこの提婆というどうしようもない人がいて、私は阿闍世というどうしようもない子がいて、お互い大変ね」みたいなことを言う。そういうことが言える凡夫、良くも悪くも凡夫なんですね。だから「あなた凡夫だよね。救いようがないよね」というセリフが釈尊から出てくる。ここは観経のちょっと面白いところでもあった。こんなところから入っていくことしか、ぼくには方法がなかったという感じです。

武田　韋提希をどう見るかというときに、単にお経のなかで菩薩の韋提希があえて凡夫を演じているると見るのか、あるいはまさにどうしようもない愚かな存在として見るか。そのときに読み手の受けとめ方が逆に問われてくるのだと思うんですね。

聖なる菩薩が演じているというふうにみる自分なのか、あるいは韋提希がまさに苦しんでいる自分と直結し、自分の内面を表現してくれていると見るのか。おそらく親鸞は自分の内面を韋提希に見ていったのではないでしょうか。

今津　さっきの韋提希の凡夫というのも、釈迦如来のことばですよね。頻婆沙羅が言ったりしたわけではない。

武田　お釈迦さんからの呼びかけとしての「凡夫」であって、それを自分のことだと自覚したのが韋提希ですよね。「お釈迦さんだって人間じゃないか」と言われたらおしまいですけどね。（笑）

芹沢　韋提希があんたも大変ねと言っているわけだから。言われた釈尊がどういう顔をしたかというのは、ちょっと思い浮かぶところがある。（笑）

武田　だから「凡夫」ということばは、本当は人間には使えない言葉なんでしょうね。

芹沢　話を戻しますけれど、承元の法難から入る入り方もあるような気がして。今津さんの書かれたものはここから入られている。

今津　ぼくのは深い考えではないんです。ただ、できるだけドラマティックに面白そうに伝えなくちゃいけない、という意味ではここかな、と。

　象徴的に言っても承元の法難というのは大きい。『教行信証』にも、はずすことなく最後まですっと出てくるんです。それはある意味で親鸞の怒りであった。法然、自分、安楽と迫害していくわけですね。映像的には安楽の首が斬られるというのはちょっとショッキングで、その怒りと阿闍世の怒りとが重なる。

ただ言われるように承元の法難が直接どうこうと言われると、もうひとつほどけない。それと家族の問題、現代の身近な問題とつながりにくいところはあるかもしれない。物語とすれば面白い設定はできそうなんですけれどもね。

韋提希のことでひとつ思ったのは、現代の女性でもわが子が胎内に宿る、あるいは産んでしまってからも、子どもはいない方がいいと思うこともあるでしょう？　村上龍の『コインロッカーベイビーズ』のころから。どのくらいの女性がそう思っているかというと、かなりあると思えてならないんですよ。でも本当のところは、出てきにくいし、出しにくい。だからといって、本質的なことを出さないで、子を持たれるかたがたに、ただ「しんどいね」と言うだけでは、おさまりがつくとは思えない。つまり殺意を持たざるをえないということだって、特におかしいことではないじゃないですか。人間として駄目かというとそうではない。というようなことを、韋提希を材料にして、もう少し話し合いたいという気持ちはありますね。

芹沢　ぼくは今津さんの言われた韋提希の子殺しについては、ほとんど触れずにしまった。頻婆沙羅に、「韋提希に罪はない」といわせてしまいました。

武田さんは、承元の法難を今度の阿闍世の戯曲の中に組み込むとすれば、何かイメージがありますか？

武田　ぼくは承元の法難と阿闍世の問題を、直接結びつけて考えたことは今までなかったので意外です。承元の法難は権力に対する怒りです。けれども、同時にその底では自分も権力を生み出す存在であるという自覚が親鸞のなかにはあると思います。ですから怒りなんだけれどもその怒りの裏に哀しみがある。承元の法難そのものと阿闍世の問題は私のなかで直接は結びつかないですね。

ちょっと話はもどりますけれども、うちの教団では、昭和三七年に同朋会運動というのを始めるんです。奉仕団という団体を組んで本山に行き清掃奉仕や聴聞をする。そのときのテキストに、『観無量寿経』や『観経序分義』を使うんですね。王舎城の悲劇を通して、さまざまな現代の家庭の問題とリンクさせようとした。そのときに他教団の人から、親殺しが書かれているような経典をテキストにして、人々に伝えていくことは危険ではないかという意見があったそうです。生々しい人間の親殺しなどが経典に書いてあったら、経典の権威がおちるのではないかという不安があったのでしょうね。それをあえて伝えていこうとした。

でも現在はそれから五〇年も経って、それがあまり使われなくなってきている。使おうとするけれども、もうひとつ現代とつながってこない。それには家族形態そのものが変わってきているということもあって、問題としてはあるけれども、それがなかなかつながってこない。そこをつなぐものとしてこの戯曲が使えるんじゃないかという感じもしています。

今津　北海道でプロではないと思いますが、この物語の劇をやったことがあるようですね。

芹沢　藤秀璻さんの『阿闍世王』は間違いなく力作です。よく調べて書かれていて、なるほどと思う。けれども、今を生きているぼくらにはどう感じるかというと、遠い出来事です。安心してみてしまう、不安を喚起されない。当時（昭和七年）帝劇で滝沢修が主演したという話ですね。阿難が山村聡。錚々たる人がすごい劇場でやったわけだけれども、これを今やったら何もないという感じだと思います。今の人たちに今の問題としてどうやって訴えられるか、とすれば、結局、〔悪〕というところに触れていかざるをえない。

それで、親殺しですけれど、その前にまず子殺しという現実があるということを、ぼくは言ったわけです。いずれにしろ見えない〔悪〕という問題を考えないと、今に生きる劇にはならないのかなというふうに思います。これをはずしてしまうときれいな箱の中に納まっているお宝でしかなく、生きて次の瞬間どうなるかわからないというものにはならないという感じはありました。

今津　仏教の古くからいうと七仏通戒偈のような、諸悪莫作、衆善奉行、つまり廃悪修善というか、悪を廃して善をなしましょうというような枠組みがずっとあったわけですよ。一般的にはそういう流れがあった。そこに法然、親鸞が登場して、悪の問題を正面から受けとめ、日本においては深めていった。親鸞の『歎異抄』でいうと第十条の「義なきを義とす」もそうですが、「善人なおもて……」というのは、ある意味で法然の言葉で、師匠の法然がおっしゃったみたいな感じに言われたりしています。けれども、大事なことは、その後七五〇年、現在に至るまで真宗に限らず仏教というものが、法然、親鸞を出発点とする悪という問題をどう取り扱ってきたかという点です。案外ないがしろになっているという気がしないでもないですね。現代がとびぬけているわけではないと思いますけれども。

芹沢　悪ということに関していえば、阿闍世王の物語の解釈においてなんかでも、かなり薄められてしまっているなと思います。もっと悪の物語が濃密にある。阿闍世という存在自体も、自分自身の中でも抑えきれないような凶暴性を持っていたり、ニヒリズムを持っていたり……、人間の負の要素のほとんどを持っている存在として、出てきていると思うんです。未生怨という言葉自体がそういう凄まじさを持っていると思うんですけれど、いろいろな解釈をいくつか読んでみても、この異常な凄まじさに対してタジタジとしたんでしょうね、きれいに扱っている気がしてしかたがないですね。

この凄まじさに真正面から目を向けて、怯えるなら怯えていいのではないか。その怯えることを恐れているというか、きれいな処理の仕方をしていると思います。

今津　芹沢さんがいちばんきつくやっていますよ。（笑）

武田　われわれ教団の側にいる人間からみると、阿闍世がどう救われたか、韋提希がどう救われたかという救済の物語として、ずっと読んできたからだと思います。そうなると人間存在の毒が解毒されて「救われるべき善人」のようになってしまうんですね。そうではなくて、たとえ救われたとしても、あくまでもどうしようもない毒性を抱えたものである、でもその毒を抱えた者にこそ光が当たるんだという、その辺のダイナミックさが描けないですね。

今津　『新しい親鸞』にもその辺のお気持ちが出ているような気がしますね。ところが、王舎城の悲劇の読み方というのは、阿闍世の親殺しからしか読んでいないんですよ。

芹沢　そのとおりで研究者のものをいくつか読んでみても、どうしようもない阿闍世が罪のない、立派な父親を殺した、その五逆の阿闍世が耆婆に出会って釈尊へと導かれ、地獄堕ちを免れるという流れとしてしか読み取っていないですね。

でも親鸞はもっと親殺しが起きるずっと手前まで引用をしている。だけど親鸞は引用しただけですね。ある意味ではそれだけ非常に重く受けとめた。事態の重さを量るようにして引用したんだと思うけれども、それでもコメントはしていない。だからぼくは戯曲の入口部分で「大きな忘れ物をした、あのときなぜ阿闍世は父親を殺さなければならなかった、という問いを発しておけばよかった、そうすれば今の親殺しはなかった」と、そういうセリフを親鸞に言わせたわけです。

親鸞の沈黙の重さみたいなものに対して、その重さをきちっと計量するというような視線が弱々しいという感じがしています。

今津　でもそこまで存在論的にもきちっと言っていれば親殺しがないかといえば、起きるでしょう。起きないということはないですよ。芹沢さんの理論でいえば、生まれること自体が子にとって暴力であるとすれば、生まれた限り子どもはある意味で親殺しをせざるをえない。

芹沢　おっしゃるとおりです、起きないということはないですね。

今津　ただ、視線が弱々しいという感じ、ということでいえば、こういう問題があります。芹沢さんのＮＴＴ出版の『親殺し』という本、タイトルを見ると、「あれーっ」と思うじゃないですか。インパクトがある一方で、ちょっと気の弱い人は「なんでこんなタイトルの本をだすのかね」とか。大事なところを読み取り、どんなに一生懸命伝えようとしても、難しいところがあると思うんです。ぼくの親しい人でも、ちょっと退くんですよ。

先行している子殺しを今まで誰もきびしく言ってこなかったんじゃないかと、芹沢さんは言われるわけだけれども、子殺し親殺しということ自体が、ちょっと退くということがどうしてもあるんですね。そこを通らなければ大事なことは伝わらない、ということはあるんですが、それが難しいところですね。

武田　「親殺し」であるとか「子どもを産むことは暴力である」と言っても罪の自覚としてと言うと、またかっこよくなっちゃうんですね。でもそういう意味でなければ成り立たない言葉、だから人にとっては非常につらい言葉で、とても読みたくないという人もいるわけです。それほど触れたら血が出てくるような言葉なんですね。

そういう意味では逆に親鸞的なやりかたのような気がするんです。親鸞はなぜ悪人成仏なんてことをいったのか。あんなことを言わなくてもいいわけですよ。供養をいっぺんもしたことがないとか。だけどそう言わざるをえないことがあったのだと思います。だからテーマそのものがその人自身なんですね。テーマを変更してしまったら、そのひと自身ではなくなってしまいます。

芹沢　親殺しということ自体、たとえばこれをソフトな表現にしてしまえば、今こういうものを出す意味もないし、この言葉自体が持っている深さみたいなものが問えなくなってしまう。

もともと悪という言葉のなかに親鸞はいるんです

武田　これをやめさせることは、芹沢さんを殺すことになる。（笑）

親鸞もそうだと思うんですけれども、悪人成仏ということを言いました。「善人が往生する、悪人が地獄へいく」のが常識なんだけれども、それを逆転させた。言ってみれば人心を混乱させるわけですけれども、そこに本当のものがあるんだ、これを言わないと自分でなくなってしまうというのが、親鸞にはあったと思います。

今津　世の人が常に言っている善、悪にしても結局お釈迦さんの時代以来、廃悪修善みたいなことは、常識的に文句の言いようのない形でずっとあるわけですね。親鸞の時代だって同じでそのどっぷりの中で、まさかのことをいわざるを得ない。

武田　親鸞はあえて奇をてらったわけではないと思うんですよ。逆転させて驚かしてやろうではなくて、もともと悪という言葉のなかに親鸞はいるんです。そう語らざるを得ない世界にいたのではないかという気がします。

今津　私たちが法事をしたりするのは、一般的にはお父さんお母さんの供養のためということですかね。自分が善を積んで、善根功徳でなんとかしていこうという、それが一般的に流布しているわけですね。そのようなところに、親殺しというほどのことではないにしても、お父さんお母さんの供養のために自分は一度も念仏したことがないというようなことを親鸞が言ったのだから、「えーっ」と思うわけですよ。

武田　『教行信証』のなりたちそのものが、法然の弁護をするため、法然の弁明の書であるという限定があります。そういう思想の枠組みの中で、『涅槃経』を引いてくるわけですけれども、おそらく親鸞は「ここにも書いてある、ここにも書いてある」というかたちで並べていったというよりも、『涅槃経』を読んだときに自分が逆に『涅槃経』に読まれるというか、これは自分のことなんだと読んだからこそ、あのように引用されたのかもしれない。だから逆に『涅槃経』から読まれた親鸞なのかもしれない。そういうふうに受けとめていくと、阿闍世というものはむしろ自分そのものであったのだということになる。阿闍世と親鸞が通底してしまう。提婆が釈尊を傷つけるという叛逆性は、親鸞の法然に対する叛逆性としても読めたのではないかと思えますね。

親鸞は比叡山にいるころから法然を知っていたと思うんですね。降りていって六角堂で夢告を受け、それで法然のもとへ行った。恵信尼の手紙によりますと、そこで百日降るにも照るにもいかなる大事にも通ったと書いてありますね。ああいうものを見ると、法然が本当のことを言っているのだろうかという、法然への疑惑もあったのではないか。そういうものが愚禿悲歎述懐和讃になっています。「浄土真宗に帰すれども真実の心はありがたし」と。疑惑和讃は、阿闍世の問題につながっていきますね。

仏教というのは悪がなければ成り立たないし、提婆がいなければ成り立たない

芹沢　おもしろいですね。それとつながることがあると思うんですけれど、「阿闍世王」を書きながら、なぜ親鸞が第十八願にいくかということが少しわかったような気がしたんです。唯除の問題ですね。これがあるから親鸞は十八願へ行ったんだというふうに思えるところがありました。唯除つまり悪を排除したということと、排除していること自体をまた自分に問いかけていくということだと思うんです。五逆、誹謗正法、一闡提この三病は治らないというふうに、『涅槃経』のなかにもあって、それから阿闍世の話に入っていくわけですね。

『涅槃経』は治らない五逆を犯した病人がどう癒されていくかというテーマを展開していく

わけです。そこに、親鸞が第十八願に足場をしっかりと据えたという理由が、ぼくにはよく見えたおもいがしましたね。

もうひとつそれに加えて言うと、提婆という存在ですね。阿闍世は救われるけれども提婆は地獄に堕ちていく。この対照性は、ぼくのなかではとても気になっていたわけです。提婆というのは何なんだということを、もっと考えてみたくなってきたんです。

今津　阿闍世の救済は提婆達多の親殺しの唆しからはじまっているというのが芹沢説ですね。確かに提婆がいなければ阿闍世の父殺しはなく、父殺しがなければ慚愧も起こらず、慚愧が起こらなければ耆婆の登場はなく、したがって阿闍世が釈尊のところにいくこともなかったかもしれないですね。

芹沢　だから救済は慚愧や耆婆からはじまっているのではない。それとたまたまジャータカ（『本生経』）を読んでいくと、釈尊が、提婆達多というのは本当に恩知らずで、自分が与えた恩を仇で返されたということをいくつもの例を挙げている。それを読んでいて、釈尊教というのは徹底して提婆を必要としていた、提婆なくして釈尊教はなかったという感じさえしました。悪を提婆の一身にあずけていく。それと同時に、悪をあずけた提婆をどうするかというのは、釈尊が抱えた大きなテーマで、これを抱えなければ、たぶん仏教はなかった。

そのような位置からの非常にオーソドックスな継承者が親鸞だったのではないか。仏教のいちばん重要なところをがっちりと掴んだのは親鸞で、それが十八願の唯除とのつながりになる。つまり提婆に悪の化身として立ってもらうということで、なおかつ悪の化身の提婆を排除して終わりではなくて、そこからどうやって自分が照らされていき、提婆との関係性をつけていくか。どうやって包括していくかということが、釈尊教の最大のテーマのひとつになったような気がします。その最大のテーマを親鸞は真正面から受けとめて、自分のテーマにしていったという感じがします。おおざっぱで、知識もないままに言うのですけれども、仏教というのは悪がなければ成り立たないし、提婆がいなければ成り立たない。その提婆の魅力を自分の戯曲ではほとんど表せなかったという感じです。

今津　芝居に表現するのは難しい。ただどうしても必要な親殺しを促す大きな役割となるのは提婆ですね。だとすれば提婆なしでは阿闍世もなかったわけですね。

武田　おっしゃるとおりですね。親鸞は提婆尊者と書いていますからね。

今津　いろいろあるんでしょうけれども、ぼくらが知っている中ではほとんどが提婆達多は地獄に堕ちっぱなしで終わっているのが多いのかな。

武田　救われたというのもありますね。提婆の存在そのものにいろいろな説があるので、なかなかひとつにまとめにくいところもありますね。親鸞がとらえたのは、やはり自分の内面の叛逆性というところでしょうか。師に対する叛逆性、もっといえば「ほんとう」と言いましょうか、如来とか真如というものへの叛逆性というかたちで、提婆を自分に内面化していると思います。ただ物語になってしまうと、「提婆がいたから救われた、めでたしめでたし」みたいになってしまうじゃないですか、どうしてもそこが納得できないところですね。

「無根の信」を得て阿鼻地獄に堕ちても後悔しない

芹沢　『涅槃経』のなかで気に入らないというところでもあるんです。地獄へ堕ちるのが提婆だけで阿闍世は救われるという、この結末はしっくりこない。だから阿闍世も、提婆が地獄へ堕ちたという知らせがあったときに、自分は救われたくない、提婆と一緒に地獄に墜ちる、というふうにしたかった。

武田　そこは面白かったところですね。そうに違いないと私は思いました。『涅槃経』には、阿闍世が「無根の信」（注）を得て阿鼻地獄に堕ちても後悔しないと書かれています。つまり、すべての人が救われなければ、自分は地獄でいいんだと言えたところに、おそらく提婆と共に堕ちた阿闍世なんだろう、そうでなければ阿闍世の救いにはならない。

芹沢　そう思いますね。「地獄は一定すみかぞかし」という親鸞の言葉もたぶんそこを見ていたことの表れのような気がするんですね。

今津　悪の極まりといいましょうか、突き詰めていくと悪の極北というのが、無間地獄というか阿鼻地獄と表現されますね。そこを棲みかとするなかではじめて、一切衆生を救おうという問題に転換していく。

　反対に善の極みというのはどうなんでしょうかね。

芹沢　それがなかなかイメージできないですね。

武田　親鸞の場合は、善はこちら側には一切なくて、擬人化すれば如来の方にしかないんです。つまり浄土にある。こちら側は全部罪の側である。これは変わらないんです。だけど、その罪の、悪の極北のところにしか光は来ない、そういう大きな転換があるわけです。でもそれを劇の上で語ってしまうと面白くないですよね。罪のところに光がきて、めでたしめでたしで終わる。それは親鸞がいちばん良しとしないところだと思います。善人がだめで悪人が救われるのなら、悪人でいいんでしょうと。悪人こそが救われるのなら、悪人がむしろ善人になってしまうじゃないかと。その展開は、親鸞が全く意図しないところですね。

今津　慚愧のことでも、慚愧のなかで歓喜を見出すとか。『歎異抄』でいえば、「阿弥陀仏が五劫ものあいだ思惟しなければ救いの道が見出せなかったほど、それほどの深い罪業持っている私（親鸞）なのに、見捨てることなく助けようと思い立たれた本願のもったいなさ」。そういう言葉に深い慚愧がある。しかもそこに生きていく歓びや感謝がみてとれる。親鸞の言葉でいえばそんなところがあります。でもそれを何かで見えるように表現するのは難しいでしょうね。

武田　そうですね。阿闍世が得た「無根の信」をどう展開するかはとても難しいと思いますね。

私は慚愧と懺悔《さんげ》を使い分けます。慚愧というのは阿闍世のいう恥、自暴自棄になり死にたいと、最後は自殺していかざるを得ない心です。けれども懺悔の場合は自暴自棄にしている自分を裁いている自分が見えています。この裁きの自分そのものに光が当たってくるのが懺悔なんですね。そうすると自暴自棄になっている意識、つまり「自分は罪人だ」と言っている自己意識から解放されて罪と一体になっていく。要するに地獄そのものになっていく。地獄そのものが自分の居場所だと。だから慚愧と懺悔を使い分けているんです。

阿闍世は阿鼻地獄に堕ちてもいい、地獄一定だという、そこには提婆がいざるを得ないですよね。提婆がいない地獄では困ります。でもお釈迦様もそこにいなければまずいですね。

（二〇〇九年十二月二十四日　東京因速寺にて）

（注）「無根の信」――根がなくて芽生えた信心。『涅槃経』に阿闍世が釈尊に語る言葉としてこうある。
「この世のなかでは、伊蘭《いらん》の種から伊蘭の樹がはえ、伊蘭の種から栴檀《せんだん》の樹がはえてきたためしがありませんでした。ところがわたしはいま初めて、伊蘭の種から栴檀の樹がはえてくることを知りました。伊蘭の種とはこのわたしの身体であり、栴檀の樹とはとりもなおさず、このわたしの心に根がなくて芽生えた信心であります」（『教行信証』石田瑞麿訳　中公クラシックス）。

あとがき　「この戯曲が生まれるまで——親鸞聖人七百五十回大遠忌記念事業として」

今津　芳文

正直言うと、「芝居作り」に素人の私たちが一からやろうと提案したこと自体、今振り返ってみれば無謀冷や汗ものでした。それは、予算編成もさることながら、様々な分野の方々にお願いし、共に作り上げていく作業の膨大さ、まめに人と関わり、協力しあわなければとても完遂できないことは頭ではわかっているし、本業を抱えながら、そんな共通の時間をこの年になってなお共有できるだろうかとの不安もなくもなかったのです。しかし、その不安を振り切らせたものは、平成二十三年に七百五十回大遠忌を迎える親鸞聖人の大きな力、はたらきに違いないと今にして思います。

昭和六十三年九月、広島青年僧侶春秋会が主催した結成三十周年記念事業の一環として平幹二朗による一人芝居『大いなるみ手に抱かれて』に挑戦した頃から、仲間内で話していたことの一つにソフォクレスの『オイディプス王』に比肩しうる、いわゆる「王舎城の悲劇」と呼ばれる仏典に出てくる素晴らしい物語があるが、それを何とか広く一般に知れ渡らしめるすべはないものかということでした。それは、たとえば映画であったり、演劇であったり、オペラであってもいいのです。

一昔前、私たちが知っている映画でいえば本郷功次郎がシッダールタ、川口浩がアジャセ王、勝新太郎がダイバダッタを演じた『釋迦』（昭和三十六年・大映）、吉川英治原作で中村錦之助が親鸞を演じた『親鸞』、『続・親鸞』（昭和三十五年・東映）などがあります。リバイバルで観たのですが、共にカラー大スペクタルで前者は三隅研次、後者は田坂具隆が監督した大作ではあったものの凡庸な宗教映画であったような印象です。洋物にはギリシャ悲劇やキリスト教を扱った優れた演劇、映画が多い中で何か物足りない思いだけが残った記憶があります。

当時は若さに任せて多くの仲間と情熱に夢膨らませていました。あれから二十二年が経ちます。実は、「王舎城の物語」を題材にした作品がプロ集団によって製作されたことが過去一度だけあるのです。それは、昭和七年にさかのぼります。藤秀璻師（当時広島市寺町徳應寺住職）の戯曲「阿闍世王」の舞台化です。藤秀璻師と親しかった自由律俳人でもあり仏教者である大山澄太氏の解説（『藤秀璻選集7』法藏館）によると、藤師が起筆されたのは大正八年二月、それから丸三年かけて身心を傾けて創作されたといいます。『阿闍世王』（大雄閣）の出版されたのが大正十四年六月であり、その後相次いで重版されアジャセブームが起こったといわれています。さらに八年後の昭和七年六月四日、五日に帝国ホテル演芸場で、五幕十場の劇として上演される運びとなったのです。

当時の状況がイメージできないのでもう少し大山氏の解説を引用します。「まず舞台稽古の場へ、高楠順次郎博士（近代の三蔵法師と呼ばれた碩学です・筆者注）、本願寺の山崎精華氏、中央公論の松本篤造氏等が、相次いで来訪、先生をはげましている。いよいよ開幕となると、その道の大家坪内逍遥博士御夫妻、またアメリカの加州大学のストラットン教授、ヘンリーベーカー教授（宗教・哲学者）が……また、本派本願寺の法主さま御夫妻、常盤大定師、岡本一平、かの子夫人。宇野円空、天竜寺の宮島逢州、読売の正力社長等、あらゆる大家があとで賛辞を呈している……その場をよき俳優たちの優れた演技によって美しい劇として観せるということは、何万言の説法にまさるもので、日本仏教史上、曾って例のない一大事であったと私は思う」と、大山は述懐しています。現在からすると多少大仰に聞こえるかもしれませんが、そうした時代であったのかもしれません。ちなみに、広島では同七年六月十日、十一日、昼夜二回ずつ寿座で上演され、超満員だったといいます。続いて九月になり、名古屋、京都、大阪、福井、そして藤師の故郷金沢で上演されたといいますが、それ以来現在に至るまで、アジャセをめぐる物語、いわゆる王舎城の悲劇そのものを主題とした商業演劇、映画は作られていません。

思えば、心の底に沈潜した「王舎城の物語」を表舞台に出したいという積年の渇望が、二十年余りの時を経た今回、親鸞聖人七百五十回大遠忌を機縁として一気に湧きあがってきたのです。前段が長くなりましたが、まず物の順序として台本作りから始めますと、いいたいところなのですが、それに先立って「親鸞聖人七百五十回大遠忌記念事業」実行委員会に、企画を承認してもらうプレゼンテーションとして説明する草稿を作らねばなりません。それから、台本原作、あるいは上演台本を仕上げてもらうため、また、その説明説得するための基礎になる草稿も必要になります。後に台詞を入れたりした台本形式のものも作ったのですけれども、私の台本の一番最初はおおむね以下のような構想でした。

『親鸞・阿闍世—善悪の彼岸へ』

一つの絆で結ばれていた家族が崩壊の危機にさらされる。信頼、愛情を持って接してきた両親の裏切り、陰に回っては国中の臣民の嘲り、疑心を知らされたアジャセの絶望と孤独。やがて、父王ビンバシャラは幽閉され孤独のうちに死にいたり、母イダイケも幽閉され憂いのうちに打ち沈む。

いかにして、家族は真の出会いを取り戻すことができるのか。家族の崩壊と再生、人間救済のドラマが展開されていく。

プロローグ「善人なをもて往生をとぐ　いわんや悪人おや」（大合唱）

第一幕　承元の法難

八百年前、京の都。念仏停止の嵐が吹き荒れる。後鳥羽上皇は、役人に安楽房を加茂六条河原に引かせ打ち首。安楽はいささかも動揺をしめさず、高らかに数百返の念仏を唱え合掌のまま死んでいった。そのとき斬られた首は高く宙を舞い三間も先にドサリと落ちる。それを遠目に見る親鸞。深く慟哭し肩を震わせながらその場に倒れ伏す親鸞。静かになり、やがて立ち上がった姿が阿闍世となり、第二幕へと展開していく。

第二幕：阿闍世Ⅰ―ダイバの誘い

二千五百年前のインド、マガダ国。野心を実現させようとダイバダッタは皇太子アジャセに近づき誘いかける。太子は王位を奪い新王となり、自分は釋尊から指導権を奪い教団の一層の拡大を目指そう、と……。

第三幕　阿闍世Ⅱ―イダイケの幽閉

幽閉されたビンバシャラ王を密かに見舞い、食物を与えたイダイケの裏切りを知ったアジャセは、激怒して母イダイケに剣を抜いた。必死でいさめる月光と耆婆大臣。死を免れたものの、傷心のイダイケは幽閉されることとなる。

第四幕　阿闍世Ⅲ—回心（アジャセの救い）

（第一場）苦悶

五体に腫れ物が噴出し、膿血が流れる病の中であえぐアジャセ。生きながら地獄の大地に沈んだダイバの事を聞き、さらに自ら犯した重罪への呵責に苦しみ続ける。それに寄り添い懸命に看護するイダイケ。やがて、耆婆の温かい説得と受け止め、亡き父王の呼びかけによって、アジャセは病も和らぎ回心の兆しが見えてくる。

（第二場）出立（月愛三昧）

優しい月の光の中で本来を取り戻したアジャセの柔和な姿。苦痛を除かれたアジャセは、直ちに出発の用意を整え耆婆と共に釋尊の元へいざ発たんとする。（第五幕はそのまま親鸞の姿に変わる）

第五幕　摂取の光明

○越後流罪を回想しながら机に向う親鸞

親鸞は書き溜めた経典の論釈に「顕浄土真実教行証文類」との仮題をつけた。総序の文を書いている。「ひそかに思いをめぐらせてみると……ダイバダッタやアジャセ太子による父王の殺害という……」。

○時を経ても、不当な弾圧への悲憤は変わることはなかった。

「天皇ならび臣下（主上臣下）、ともに真実の教えにそむき、人の道に逆らって、怒りを生じ、怨みをいだくに至った。そして、そのために、浄土の真宗を興した太祖、源空法師ならびにその門弟数人は、罪の当否を吟味されることもなく、無法にも死罪に処せられ、あるものは僧の身分を奪われて俗人の姓名を与えられ、遠国に流罪となった。わたしもその一人であるが、こうなった以上はもはや僧侶でもない、俗人でもない。だから、以後わたしは禿の字を用いて姓とする」……

エピローグ　「たとひ法然上人にすかされまひらせて」（大合唱）

（註）人々は、時空を超え仏陀世尊の導きによって摂取不捨の光（普遍の光）に出遇うこととなる。

親鸞は、自ら〈阿闍世〉を自覚することにおいて、私たちに身の事実を知らしめ、一切衆生救済の法を開いた。それは、念仏停止の逆縁――それに対するその憤りが一生変わることなく親鸞の心の底流としてあったればこそ、である。

この素案は、奈良県出身の作曲家でオペラ『ブッダ』を作曲、指揮された尾上和彦さんとの話し合いの中から生まれたものです。最初はオペラにという案だったのです。しかし、広島の近い方々に相談する中で、オペラをみんなで作り上げていくには、現段階の私たちの力ではとても無理なのではないかとの結論に達したのでした。その理由はここでは控えますが、それで舞台をとなったわけです。それからしばらくして、「親鸞の視線を通して、二千五百年前のアジャセの物語を見据えながら、現在の私たち家族、親子等の問題を浮き彫りにする」、そのような意図を持って芹沢俊介さんにお願いしたように思います。

なぜ、芹沢さんなのか?これはご縁としか言いようもないのですが、いくつかその理由を挙げることができます。まず、『現代〈子ども〉暴力論』（一九八九年）発表当時から長年親しくお付き合いさせていただいていること。三十年以上にわたって一貫して親子問題をその時々に応じて切実な課題として取り上げ論じられてきたということ。ある面、〈親殺し〉で象徴される「王舎城の物語」の内容が、現在の諸々の事象とどうリンクするのかを、芹沢さんと共に考えてみたかったということ。一時劇評をされていた時期があったということ。以前、この物語の話をしていたときに、一度書いてみたいという芹沢さんの言辞を覚えていたことなどなど。専門の劇作家ではないけれども、きっと私たちの意を汲んで、古代の物語を現在の課題と切り結ぶ話に仕上げてくださるに違いないという確信にも似た気持ちでお願いをしました。それを快諾してくださり出来あがったのが本書に収録されている台本なのです。確か初稿が完成したのは平成二十年十二月であったように思います。

冒頭から、親鸞のモノローグ、そして、平成の青少年事件を織り込むという、斬新かつ大胆な導入には驚きつつ、終盤の月愛三昧から大団円まで、想像力を膨らませながら一気呵成に読んだのでした。今まで仏典について知らず知らずのうちに長年培った固定観念が、徐々に崩されていったのです。この劇で特に芹沢さんが注目したのが提婆達多の存在です。親鸞は、『讃阿弥陀仏偈和讃』の最後に

「阿弥陀如来　観世音菩薩　大勢至菩薩
釈迦牟尼如来　富楼那尊者　大目犍連　阿難尊者
頻婆娑羅王　韋提希夫人　耆婆大臣　月光大臣
提婆尊者　阿闍世王　雨行大臣　守門者」

と記しています。〈提婆尊者〉なのです。

また、『浄土和讃』において、「弥陀　釈迦方便して　阿難　目連　富楼那　韋提希　達多　闍王　頻婆沙羅　耆婆　月光　行雨等　大聖おのおのもろともに　凡夫底下のつみびとを　逆悪もらさぬ誓願に　方便引入せしめけり」と詠い、『教行信証』総序の文では、王舎城に登場する人物たちを「権化《ごんけ》の仁《にん》」といっています。「世の人を導くために仮に姿を現された方々」だということです。それはそれでよいのですが、私たちはとかく、特に提婆については、苦悩の私たちを救う菩薩が仮のすがたをとって、大悪の役回りを演じたのだという解釈をほどこし、それ以上はあまり踏み込むことをしません。しかし、それではいかにも平面的な解釈に過ぎるように思えます。他の登場人物についても立場こそ違ってもそう変わりません。勧善懲悪のドラマ、そうでなければ、オブラートで包まれた何か他人事できれい事の別世界です。今を生きていけるかどうか、人生の一大事である救いの問題にもかかわらず、仏と私が緊張関係で結ばれえぬもどかしさを感じてしまうのは私だけではないと思います。

そこで、芹沢さんは、地獄に堕ちた提婆達多のことを聞いた阿闍世にこう語らせます。「…提婆を追って地獄に堕ちる（中略）いま、わかったのだ。私が提婆達多とともに地獄へ行かなければならないことが。なぜなら、提婆は私でもあるからだ」と。また、「〈親殺し〉に先行して〈子殺し〉があった」という衝撃的なことばでアジャセ親子の問題にメスを入れます。誤解があってはなりませんが、これは広く存在論的な意味で〈子殺し〉が前段階にあるということです。その中には、もちろんこの私が含まれてきます。現在の家族関係をみると、今もたくさんの阿闍世がいるという芹沢さんの指摘は十分首肯できます。やがて、それが、阿闍世が「提婆は私でもある」とつぶやくと同様に、〈阿闍世〉という〈私〉の発見につながっていくのだと思います。

芹沢さんは、先行きの見えない困難に思えるこの時代にあって、我々が考え及ばない新しい視点をたくさん出してくれます。その紡ぎだす言葉や視点、指摘は、ある意味私たちにとってとても新鮮で刺激的です。加えて普段は眠っている大事なことを呼び覚ましてくれるように思えてなりません。

最終的には、大ホール（ＡＬＳＯＫホール）での公演ということもあり、これも尊いご縁で松竹傘下の劇団新派文芸部所属の演出家齋藤雅文氏に上演台本をお任せすることになりました。それが創作劇「善人なおをもて往生をとぐ―親鸞　わが心のアジャセ―」です。

この古代の王舎城をめぐる人間ドラマが広く識者の目に触れ、この宝の山が様々な角度から掘り起こされ、真に生きた、血の通った仏法が現代の闇を照らす大いなるはたらきとなることを願ってやみません。また、この度の上演をきっかけとして、まず、仏典物語にまつわる演劇や映画になりうる本がどんどん制作されていくこと。これはきっと親鸞聖人七百五十回大遠忌を起点とする、私たちのこれからの歩みにふさわしい仕事の一つに加えられてよいと考えます。私たちがその一端を担えることができたということをとても光栄に思っております。

最後に、この本の鼎談の場を提供してくださいました因速寺の武田定光住職ほか、ここにお名前は記しませんが、この劇作りを陰に日向に支えてくださった大勢の方々に、実行委員の一人として甚深の謝意を表します。ありがとうございました。

（平成二十二年一月）

■初演の記録（チラシより）

親鸞聖人七五〇回大遠忌中国ブロック記念公演

【創作劇】善人なおもて往生をとぐ――親鸞　わが心のアジャセ――

原作＝芹沢俊介／脚本・演出＝齋藤雅文

企画・製作＝親鸞聖人七五〇回大遠忌中国ブロック記念事業実行委員会

◎キャスト

イダイケ＝音無美紀子　ビンバシャラ＝中山仁　アジャセ＝川崎麻世　ギバ＝菅生隆之

ダイバダッタ＝菅野菜保之　ほか

◎スタッフ

美術＝大田　創　照明＝勝柴次朗　音楽監督＝甲斐正人　衣裳＝樋口　藍　振付＝前田清美

舞台監督＝藤森條次　宣伝美術＝山本利一　プロデューサー＝梶山仗祐／林　美佐

◎公演日時

二〇一〇年三月四日（木）　十四時開演

五日（金）　十一時開演／十六時開演

六日（土）　十四時開演

◎場所

ＡＬＳＯＫホール（広島市中区白島北町十九番一号）

〈著者プロフィール〉

芹沢俊介 せりざわ しゅんすけ
1942年東京生まれ。上智大学経済学部卒業。『現代〈子ども〉暴力論〈増補版〉』、『家族という暴力』、『新版 ついていく父親』(以上春秋社)、『親殺し』(NTT出版)、『若者はなぜ殺すのか』(小学館新書)、『家族という絆が断たれるとき』(批評社) ほか多数の著書がある。

武田定光 たけだ さだみつ
1954年、東京都に生まれる。大谷大学文学部博士課程修了。現在、真宗大谷派・因速寺住職。著書に『新しい親鸞』、『歎異抄の深淵 師訓篇』、『歎異抄の深淵 異義篇』(いずれも雲母書房) がある。

今津芳文 いまづ よしふみ
1950年広島生まれ。浄土真宗本願寺派・明福寺住職。共著に『いま観えない音をききとるために』(安芸教区沼田組・編)、『還りのことば――吉本隆明と親鸞という主題』(雲母書房) がある。

阿闍世はなぜ父を殺したのか
―親鸞と涅槃経―

発　行　2010年3月20日　第1刷発行

著　者　芹沢俊介　武田定光　今津芳文
発行者　宮城正勝
発行所　ボーダーインク
〒902-0076　沖縄県那覇市与儀226-3
電話　098(835)2777　Fax 098(835)2840
印刷所　でいご印刷

Printed in JAPAN,ISBN978-4-89982-176-2

子供の暴力、子供への暴力

芹沢　俊介著

子どもたちへの肯定的な眼差しが切り開く未来への通路。

■定価815円（いずれも税込価格）

いじめはどうして起きるのか
―石垣中集団暴行死事件から―

芹沢　俊介著

いじめ、集団暴行などの学校事件をとおして提示する成熟への処方箋。

■定価815円

現在をどう生きるか

吉本　隆明／藤井　東／芹沢　俊介著

吉本講演をはじめ、子どもの現在に言葉を届かせるFAX書簡の記録。

■定価1050円

往きのいのちと還りのいのち
―臓器移植・ホスピス・ターミナルライフ―

米沢　慧著

〈いのち〉のステージが変わった。未知の時代の死生観を問う講演集。

■定価1050円

猫々堂主人
―情況の最前線へ―

松岡　祥男著

時代と相渉る情況論集。吉本隆明、山本かずこ両氏との対話を収録。

■定価2100円

こころの誕生
―マイナス1歳から思春期までの心的発生論―

北島　正著

私塾「試行塾」で多くのこどもたちと接してきた著者が語る、子供の心と成長。

■定価2100円